放たれる刺客と燃える後宮！
雨妹《ユイメイ》にも魔の手が伸びる——

――!?
百花宮のお掃除係 10
HYAKKAKYU NO OSOUJIGAKARI
転生した新米宮女、後宮のお悩み解決します。

百花宮のお掃除係 10

HYAKKAKYU NO OSOUJIGAKARI

転生した
新米宮女、
後宮のお悩み
解決します。

黒辺あゆみ
イラスト しのとうこ

口絵・本文イラスト
しのとうこ

装丁
AFTERGLOW

目次《もくじ》

人物紹介

張雨妹　チャン・ユイメイ

看護師だった記憶をもつ元日本人。
生前は華流ドラマにハマっており、
せっかくならリアル後宮ライフを体験したい
という野次馬魂で後宮入り。
辺境の尼寺で育てられていた際に、
自分が現皇帝の娘であるという出生の
秘密を聞かされるが、眉唾と思っていた。
おやつに釣られやすい。

劉明賢　リュウ・メイシェン

崔国の太子殿下。雨妹に大事な
姫の命を救われた恩もあったが、
最近は個人的にも気になって
動向を観察している。
雨妹の好きそうなおやつを見繕うのが
楽しくなってきた。

王立彬　ワン・リビン

またの名を王立勇《リーヨン》という。
明賢に仕える近衛兼宦官で、
近衛のときは立勇、宦官のときは立彬と
名乗って使い分けている。
周囲には双子ということにしている。
権力や地位に興味を示さず気ままに後宮
生活を楽しんでいる雨妹を気に入っている。

陳子良　チェン・ジリャン

後宮の医局付きの宦官医師。
医療の知識も豊富で、頼りになる存在。
雨妹の知識の多さに驚き、
ただの宮女ではないと知りつつも
お茶飲み友達として接してくれている。

鈴鈴　リンリン

明賢の妃嬪である江《ジャン》貴妃に
付いている宮女。
小動物のように可愛らしい。
田舎から出てきた宮女で雨妹よりも
先輩にあたるが、雨妹が手荒れを治す軟膏や
化粧水を作ってくれてからというもの、
後輩のように懐いてきてくれる。

劉志偉　リュウ・シエイ

雨妹の父であり、崔国の皇帝陛下。
かつては武力に長けた君主として
人気を誇っていた。雨妹の母を後宮から
追放することになった事件をきっかけに
その威光を失いつつあったが、
雨妹が後宮入りした頃から英気を取り戻す。

路美娜　ル・メイナ

台所番を務める恰幅の良い宮女。
雨妹によくおやつを作って
持たせてくれる
神様のような存在。

楊玉玲　ヤン・ユリン

後宮の宮女たちをまとめる女官。
雨妹の目と髪の色を見た瞬間に
雨妹の出自に気づき、以降、
それとなく気にしてくれている
面倒見のいい姉御。

何静　ホー・ジン

苑州現大公の双子の姉。
苑州の現状を憂い、
皇帝に助けを求めて逃げてきた。
一時的に雨妹の後輩宮女
として後宮に滞在中。

何宇　ホー・ユウ

苑州現大公。
年齢の割に達観した価値観をもっており、
大人と張り合う知力と振る舞いを見せる。
雨妹は、もしかすると自分と同じ
転生者ではないかと考えている。

ダジャルファード

異国の王子だったが、
兄弟や仲間の裏切りによって
奴隷となり崔国に売られた。
静の護衛として宮廷までやってきたが、
現在は監視下におかれている。

大偉　ダウェイ

皇后の一人息子。
過去の花の宴で雨妹に髪を寄越せと
迫ったこともあり変態扱いされている。
苑州を蝕む東国を退けるよう皇帝から
命を受け、宇の救出と苑州奪還を達成した。

明　ミン

皇帝直属の近衛。
雨妹の母を後宮から
追放してしまったことを悔い、
酒に溺れていた。
痛風を患っていたが無事に回復し、
復帰している。

黄才　ホァン・ツァイ

佳出身。
徳妃として後宮に住んでいる。
元船乗りだからか、
肝が据わっており豪胆な性格。

黄美蘭　ホァン・メイラン

佳出身で、黄家の若頭・利民の幼馴染み。
才と同じく徳妃として後宮に住んでいる。
初めは慣れない環境と扱いに
戸惑っているようだったが、
いまや宮女に変装して
釣りをするほど奔放に暮らしている。

許子　シュ・ジ

後宮で出会った天才琵琶師。
恋人の朱が死んでしまったと思い
自棄になっていたが、
朱が東国から戻ってきて結ばれた。
皇帝の取りなしで、後宮を出て
二人で暮らすことに。

朱仁　ヂゥ・レン

東国へ戦争に向かい死亡したと
思われていたが、本当は記憶喪失になって
明に拾われていた許の恋人。

幕間　それぞれの思惑

夜もとうに更けた時刻。こちらは宮城に最も近い場所に位置する宮――皇太后宮にて。

皇太后が女官に宮女、宦官《かんがん》を多く侍《はべ》らせ、不機嫌そうに扇を動かしていた。

「花の宴、大偉《ダウエイ》は来るのであろうな？」

ジロリと視線と共に扇で指したのは、一人の宦官である。常に皇太后が傍《そば》に置き、お気に入りと目されている男であった。

「不明です、今どこにいらっしゃるのか、所在が掴《つか》めずにおります」

困ったように眉《まゆ》を下げる宦官に、皇太后は不機嫌さを増す。

「それを連れてくるのが、お前の仕事であろうが。まったく使えぬこといったら」

そう言って皇太后が扇を投げつけると、それが宦官に当たる。当たったところでさして痛くはないものの、周囲のクスクスと笑いを漏らす声がこの場の空気を刺々《とげとげ》しくしており、そちらの方がむしろ痛いと感じるだろう。

東国との戦が囁《ささや》かれる昨今の情勢で、今こそ子飼いの皇后の一人息子、大偉の立場を確固たるものにして、それによって己の権威をもっと強める。それが皇太后の狙いであった。だというのに、その大偉当人が今一体どこにいるのか、さっぱりわかっていないのだ。

なんでも思い通りにしてきた皇太后であるが、唯一上手《うま》く動かせないのが己の血筋の皇子である大偉である。更には最近、皇帝も皇太后に面と向かって逆らうような態度をとるのだから、皇太后にとっては忌々しいことだ。

「忌々しいことが多いのぅ」

機嫌が直らない皇太后に、周囲に侍る者たちは扇を投げつけられた宦官を強引に下がらせ、笑顔で取り囲む。

「皇太后陛下、美しいお顔をそのようにされては、悲しゅうございます」

「さぁさ、こちらは南方から取り寄せた珍しい酒でございますよ」

皆で甲斐甲斐《かいがい》しく接待をして、少しでも皇太后の気分を良くしようと努める。

そんな皇太后の輪から外された宦官は、表情を変えることなくこの場を退出した。そして黙して回廊を歩き、とある部屋に入った途端に。

「どうなっているのだ⁉」

床を蹴《け》り付け、声を荒らげていた。

「何故《なぜ》、計画がこうも進まぬ⁉」

宦官は目についた棚飾りを投げつけ、子どもが地団太を踏むかのごとく足を踏み鳴らす。

「だいたい、お前らのやり方が杜撰《ずさん》なのだ！」

そう言って宦官はビシッと指差す。

そう、この部屋には先客がいたのだ。ひっそりと窓辺に立つ先客は、しかし明らかに崔《サイ》国人の風《ふう》貌《ぼう》ではない。

「くそう、これだから東国人は……！」

宦官の愚痴に、指差された先客はなにも言わない。ただ冷めた目を投げかけるだけだ。

「不満ならば、我らに頼らず己で為《な》せば良い」

「なんだと⁉」

しかも投げやりにそう言われ、男が興奮した赤ら顔をして血走らせた目で睨《にら》む。だが睨まれた方は全く怖くはない様子だ。それがまた、男を逆上させることとなる。

「くそぅ、それもこれも、目障りなあの宮女めが……！」

そう、男の計画が潰《つぶ》された現場において、常に姿をちらりと見せる宮女がいた。

その宮女について男は最初、ただの無力な宮女だとしか認識していなかった。妙に中位から下位の妃嬪《ひひん》に気に入られているようだが、所詮《しょせん》は下っ端掃除係だ。太子の側近とも親密なようだが、それだとてとりたてて問題ではないと、そう高を括《くく》っていた。皇太后の権力の中で、所詮は後ろ盾の弱い太子でしかない者になにができるはずもなく、その側近とて同様だ。

家の力が邪魔になったり、存在が目障りな妃嬪の名を、男が悪意と共に皇太后に吹き込めば、簡単に排除されていく。その様は爽快《そうかい》で、皇太后の力は己の力なのだと、男はそう思えて気分が良かった。だが一方で、この皇太后の力——いや、それだけではない。皇太后をのさばらせている元凶である皇帝の地位こそは、本来己が所有するべきものであるというのに……。

そんな万能感と鬱屈《うっくつ》した気分の両方を抱えていた男の計画に影を落とし始めたのもまた、その宮女である。その宮女が姿を現した現場で、しくじることが多発した。

邪魔をされたと明確に決定付けられたのが、「特別な煙草《たばこ》」の存在を嗅《か》ぎつけられ、速やかに排除されたことだろう。あの件のせいで、男の計画が大きく歪《ゆが》んでしまったのだから。

しかも皇族の血を引く証《あかし》とされている青い目を持っていることといったら、忌々しいなんていう言葉では片付けられない。

「くそぅ、くそう！」

男は目につくものを手当たり次第に投げ散らかす。

「許せるわけがない、我こそが、正統なる存在なのだから……！」

男の喚《わめ》くような主張は、しかし聞いているただ一人の人物には、なんの感慨も抱かせないようだった。


そんな皇太后宮での騒ぎとちょうど同じころ、宮城の奥まった一室にて。

崔国皇帝・志偉《シエイ》は一人長椅子に座り、なにもない宙を見つめていた。しかし、これは決して一人でぼんやりとしているわけではない。

「なるほど、大偉は思ったよりも早くに州城を獲《と》ったか。あの自然が強固な守りとなっている城をな」

「は、移動の速度が異常でした。秘匿された隠し通路があるものと推測します」

志偉の呟《つぶや》きに、宙から答えが返ってくる。

「未《いま》だ東国人が居座る国境砦《とりで》は、どうやら放置する様子。そこに労力を割いて取り戻す価値を感じないようで」

「そうだろうな、我も東国人の殲滅《せんめつ》など命じておらぬ」

報告に、志偉はそう言って「ふん」と鼻を鳴らす。

志偉としては、苑州《エン》が安定すればいいのであって、東国人たちが立てこもっている砦のことは、言ってはなんだが興味がない。州城と繋《つな》がっていればこそ、旨味《うまみ》のある場所なのだろうが、砦単独だと東国側の村まで遠く、不便な場所でしかない。州城から輸送されていた物資が滞れば、砦内は飢えるしかなく、そうなれば連中は勝手に出ていくだろう。つまり、大偉が放置しても結果は変わらないということだ。

――だがこれで、崔国攻めを命じられた東国人は、戻る場所を失《な》くしたことになる。

苑州を通過する道は閉ざされ、戻る道は険しい山を通って東国へと行くものしか残されていない。

そうして命からがら戻ったとしても、東国は作戦失敗を許さないだろう。

つまり、残された東国人たちが選ぶべき道は、自分たちが作戦に殉じたことを示すべく、文字通り死ぬ覚悟となって決戦を挑むしかないのだ。

「命を命と思わぬ輩《やから》は、本当に面倒よな」

志偉は過去を思い出すと、吐く息も重くなる気がする。負けるなど論外だが、勝利しても薄気味悪く苦い後味を残すこととなるのが、東国との戦である。

だが一方で、これは宮城の膿《うみ》を出す絶好の機会ともなるだろう。

宮城を有する都は、先の戦乱でも戦場になったことがない。故に宮城に蔓延《はびこ》る、戦というものに対して、どこかのんん気に構えている輩のなんと度しがたいことか。戦とは己の身を立てるために利用できる趣味や娯楽の一種だと、そのように捉《とら》えている節すらある。己の血が流れるなど想像もしないからこそ、戦を歓迎するような口が利けるのだ。愚かな、全く愚かなことだ。

――己らが酔いしれている戦乱という美酒が、どれほど不味《まず》いものであるか、思い知ればいいのだ。

志偉は一人、暗い笑みを浮かべるのだった。

第一章　美味《おい》しいお酒

花の宴がいよいよ間近に迫ってきた。

雨妹《ユイメイ》たち掃除係もそろそろ大きな場所の掃除は完了しているものの、やることがまだまだあるのでいつまでも忙しさが終わらない。

なにが忙しいのかというと、招かれる皇族に対して失礼のないように、ピカピカにあちらこちらを磨くのはもちろんのこととして。人が増えて心配するのは、火の不始末による火事である。特に花の宴では、普段よりも火の扱いの規制が緩くなるので、小火《ぼや》が増えるのだという。

昨年の花の宴ではまだ後宮に入りたてであった雨妹なので、とにかく言われたことをこなすので精一杯であった。けれど今年は、掃除係の主だった宮女を集めての火事対策の話を聞くこととなった。

こういう場に新入りの静《ジン》は連れてくる必要はないようだが、勉強のためにと黙って後ろで座ってもらっている。

「特に毎年煙草《たばこ》の不始末での小火が多い。そうした馬鹿者から目を離さないように！」

火事対策係の長をしている宮女がそう言ってから、万が一小火が出た際の消火道具の置き場所を、一つ一つ告げていく。

「火事って、大変なんだね」

話し合いが終わって静がボソリとそう零《こぼ》す。これに雨妹は「おや」と首を傾《かし》げる。

「静静《ジンジン》、火事に遭ったことない？」

「ん、里はそもそも燃える物が少ない」

雨妹の疑問に、静がそのように返す。

なるほど、確かに立彬《リビン》も以前に岩だらけの山にある土地だと言っていたし、そうなると家屋も木造ではなく石を積んだものなのかもしれない。燃える物がなかったら、火事も起きようがないのは当然だろう。そんな静なので、火の始末についてはこれまでもきちんと教えていたはずだが、今回の大規模な火事を想定しての話し合いが驚きだったらしい。

けれどとりあえず、「火事は怖い」ということを知っていればいいだろう。


そんなことがあった翌日、雨妹と静は休みである。

「はぁ〜、家のことがなんにもできていないよ」

この日、雨妹は静と二人で家の片付けをしていた。忙しさにかまけて掃除や洗濯が最低限しかできておらず、部屋の中が若干埃《ほこり》っぽい。洗濯には洗濯係がいるのだが、洗濯係に頼めるのはお仕着せなどの皆で共有する支給品である。他の私物は、当然自分で洗うのだ。

雨妹は掃除を静に任せ、洗濯物を持って洗濯場へと出かける。洗濯場は川を引き込んだ場所に設置されていて、いい場所をとるのに実は人間関係が必須《ひっす》であった。人間関係をしくじると、下流の汚れた水で洗濯することになってしまうし、静には少々荷が重いだろう。洗濯場の人間関係が嫌な人は井戸を使うのだが、大物を洗うには不便だろうし、水汲《みずく》みのことを考えても洗濯場が楽なのは確かだ。

というわけで、雨妹と似たような事情で久しぶりの洗濯をこなしているのだろう、洗濯物を籠《かご》にてんこもりにした宮女たちで、洗濯場が溢《あふ》れていた。そんな中、雨妹はニコニコ笑顔で方々に挨拶《あいさつ》しながら、洗濯場の中ほどの隙間を空けてもらうことに成功し、そこに腰を下ろす。

「きれいきれいになりましょう～♪」

水気を絞るのは後回しにして、とにかく洗いまくって速く洗濯をこなす。まだまだ後がつかえているので、グズグズと洗っていては恨まれるのだ。

「よし、こんなものかな！」

雨妹が洗うのを終え、洗濯場を空けて、後ろの方で水を絞っていた、その時。

「ああ、いたいた、雨妹！」

気軽な調子のその声は聞き覚えがあり、雨妹は思わず頭上を見上げる。この声の主は、大抵木の上から降ってくるように現れるのだ。しかし今は、そこに人影はない。

「何処《どこ》見ているのさ、こっちだよ」

再び声がして雨妹が視線を巡らせれば、洗濯物を抱えた宮女に交じっている、お忍びの宮女姿の美蘭《メイラン》がいた。

美蘭は太子の徳妃であり、本来ならばこのような洗濯場にいる人物ではない。しかしひらひらと手を振りながら近付いてくる様子は実にこの場に馴染《なじ》んでいる。

「家の方に行ったらさぁ、あの娘《こ》が洗濯しに行ったって言うものだから。ああ、絞るの私も手伝うよ」

美蘭はそう話しながら雨妹の隣にすとんと腰を落とすと、本当に洗濯物を絞り出した。

「そんなことをして、手が荒れますよ？」

「いいからいいから」

さすがに徳妃に洗濯物を絞らせるのはマズいと思い慌てる雨妹だが、当の本人は全く気にしない。

「それに文でもくだされば、こちらから訪ねますのに」

このような場所までやってきた美蘭に雨妹は感心しつつも、一応は注意をする。

「いいんだって、そんなことは」

しかし美蘭はこれにもニカリと笑う。

「花の宴前で、雨妹も忙しいかと思ってさ。こうして私が出向けば時間も無駄にならないじゃないか。それにお前さんの家っていうのも、見てみたい気がしてさぁ」

なるほど、どうやら後者の言い分が、美蘭がここまでやって来た本音と見た。

かくして雨妹は二人で絞り終えた洗濯物を抱え、家まで向かう道中で目的を尋ねる。

「で、なんの用事なのですか？」

率直に聞く雨妹に、「それがさぁ」と美蘭が両手をぶらんぶらんと振りながら話す。

「酒を飲まないといけないんだよ。ねぇ、酒のなにかいい飲み方を知らない？」

そのように言う美蘭は、心底嫌そうな顔である。

「ああ、花の宴ですか」

なんの話なのか、雨妹にもすぐに想像がついた。花の宴は酒宴である。徳妃であれば、客を持て成すためにも酒は飲まなければならないだろう。しかしこの美蘭、どうやら酒が苦手らしいのだ。

「飲まずに済ませるって、難しいんですか？」

雨妹が問うのに、美蘭は「うぅん」と唸《うな》る。

「どうにも誤魔化せないいんだ。皇族が大勢いる宴《うたげ》だから、逃げることもできやしない」

そう愚痴ってくる美蘭は、心底うんざりした顔をしていた。

――お酒かぁ、難しいよねぇ。

酒が苦手な身での酒宴の参加には、雨妹としても大いに同情するところだ。前世であっても酒が苦手な人を酒の場に誘うのは気を遣ったというのに、今世での酒の席というのは、前世よりも一段と難しい場であるのは間違いない。

まずこの国のお酒――特に宴席での酒の飲み方を説明すると、そこは酒で戦う戦場である。酒の杯とは受けて立つものであり、飲む際には基本的に一気飲み。杯の大きさは様々あるが、大きな杯で飲むほど尊敬を集める。

これが庶民の宴席であれば、庶民の手に入る酒は酒精が薄い安酒であるので、あまりそう酷《ひど》いことにならない。けれどこれが高貴な身分となると、酒精の濃い高価な酒をがぶ飲みする強者もいる。そのような者がいる宴席に出ようとすれば、酒の杯を受けるにも覚悟がいる。どんな宴席でも誰かが酔《よ》い潰《つぶ》れると終了となるので、酔い潰れたフリをして宴席を終わらせる役を請け負う者もいるそうだ。

そんな我慢大会のような飲み方がまかり通るのが宴席なので、美蘭には苦痛な催しだろう。雨妹であっても遠慮したい。

それでも、この酒宴とて逃げ道はある。

前もって周囲に「酒があまり飲めない」と話していれば、そこまで酒を飲まされることはない。酒飲みだって、酒飲み同士で絡み合うのが楽しいのであって、盛り上がれない酒に弱い人は、相手にしても楽しくないのだろう。

「美蘭様は、お酒に弱いのだと主張していますか？」

雨妹がそう尋ねると、美蘭は顔をしかめる。

「するわけないだろう、馬鹿にされるじゃないか」

負けず嫌いなところがある美蘭は、ここでもその気質を発揮してしまっているようだ。

「飲める風を装うから余計に、お酒を勧められるんですよ」

「むうぅ、けど飲めないっていうのも格好悪《かわい》いじゃないのさ」

雨妹の忠告に頬を膨らませる美蘭は可愛いが、確かに徳妃として格好がつかないというのもわかる。偉くなると、実際の己よりも大きく見せることも、また大切なのだろう。

となると、解決策は――

「ご自分が比較的飲みやすいお酒を、率先して飲ませるしかないのでは？」

そう、美蘭の宴席で出す酒を、美蘭が飲める酒で占めてしまえばいいのだ。この雨妹の意見に、しかし美蘭はしかめっ面のままである。

「酒に飲みやすいなんて、あるものか。全部臭いじゃないか」

このように苦情を述べる美蘭であるが、なるほど、そもそも酒精の匂いが嫌いらしい。これは酒に弱い者がよく言う意見であろう。けれど、これには雨妹には思い当たることがあった。

「恐らくですが、美蘭様が目にする酒というのが、特別匂いがきつい種類なのだと思いますよ？　匂いのきつい酒は、得てして高価ですから」

美蘭へ回される酒はもちろんだが、利民《リミン》の所で目にした酒もまた、高級品であったことだろう。そもそも、この国の酒は匂いが強い。美蘭が酒に弱いのであれば、この匂いで飲む前から酔ってしまうだろう。

「……そうなの？　というか、酒って匂いに種類とかあるんだ？」

美蘭にとって酒とは、「酒」という種類一択であるようだ。ならば、まずは美蘭にお酒についての講義をすることから始めた方がいいかもしれない。

——けど、お酒かぁ。

生憎《あいにく》と酒好きではない雨妹なので、手元に教材になるような酒はなく、手に入るのはせいぜい料理に使う酒くらいだ。

「お酒って、誰に言えば種類が集まるかなぁ？」

雨妹はお酒が好きそうな宮女の顔を思い浮かべるが、良い酒は高価であるので、頼んで分けてくれるとは到底思えない。

どうしたものかと唸る雨妹を見て、美蘭が言う。

「酒なら、なんでも揃《そろ》っている場所があるよ」

そして美蘭が告げた場所に、雨妹も「確かに！」と納得であった。


家に戻ると、静が胸を張って出迎えてくれた。

「雨妹どう⁉　掃除できてるっ⁉　あ、蘭蘭《ランラン》もお帰り」

一人で掃除をやりきったことを誇ってきた後で、雨妹の隣の美蘭の存在に気付く。

「ただいま静静。おぉ、埃っぽさがない！　頑張ったねぇ、お疲れ様」

「へへへ」

そう言って雨妹が静の頭を撫《な》でると、静が嬉《うれ》しそうにして、次いで美蘭の方を見る。

「蘭蘭は、お願いちゃんと言えた？」

「ああ、言えたよ。行先を教えてくれてありがとうね」

問いかける静に、美蘭はにかりと笑う。

「じゃあ蘭蘭のお願いごとの前に、まずは洗濯物を干しちゃおうか」

雨妹は静と一緒に洗濯物を干していく。美蘭も手伝いを申し出てくれたが、三人がかりでやるほどの量ではないしと、椅子代わりの木箱に座って休んでいてもらう。

干し終えた洗濯物が風にはためく様子を見た美蘭が、「よいしょっ」と木箱から立ち上がる。

「終わり？　じゃあ早速行くよ！」

そしてこの美蘭の言葉に、雨妹はギョッとする。

「え、今から行くの⁉　いいの⁉」

雨妹のこの意見に、しかし美蘭はヒラヒラと手を振る。

「才《ツァイ》姉もさすがにこの時期は、宮でじっとしているって言うし、いいんじゃない？」

そう、美蘭が「酒が揃っている」と言ったのは、皇帝の徳妃である黄才《ホアン・ツァイ》の宮であった。酒好きの才の宮であれば、確実にあらゆる酒が揃っているのも頷《うなず》ける。それに人が集まる花の宴は、黄家としても様々な情報を集める上で見逃せない催しであるので、才とて準備に余念がないのだろう。

——けど、いきなりお邪魔していい場所じゃないよね⁉

自然と腰が引ける雨妹だが、よくよく考えれば、自分だっていきなり太子宮を訪ねている気がする。いや、訪ねると言っても宮の主《あるじ》である太子に会おうということではなく、友人である太子宮の宮女鈴鈴《リンリン》や、立彬を訪ねてのことがほとんどなのだが。いやいや、太子の側近である立彬にいきなり会おうというのも、かなりずうずうしい行動かもしれない。いやいやいやいや、それだって別に、自分から狙って会えるとは思っていないのだけれども。

結果、雨妹も美蘭のことを言えない気がしてきた。

「……まあいいか、行きます」

「ねえ、どこに行くの？」

一周回って納得した雨妹に、不思議がるのが静《ジン》である。

「あ、静静《ジンジン》どうしようかな」

雨妹は、静を留守番させるべきかと考えるのだが。

「一緒に行けばいいじゃないか」

美蘭が気軽に告げたので、雨妹も「なにかの勉強になるか」と思い、静も一緒に連れていくことにした。


こうして雨妹たちは黄才の宮へとやってきた。

美蘭は宮の裏口に着けばその顔だけで通されたのだが、三輪車に乗ってやってきたお忍び姿の美蘭を見ても、全く動じないのはさすが才の宮である。

「やっ、才姉はどうしている？」

しかも中にいた宮女に気軽な口調で尋ねると、人に会わない通路を選んで庭園に通された。

時刻は昼前で、才はどうやらそこで軽食を食べるところであったようだ。春先でまだ冷たい風が吹く時季でも、今日は風が弱くて日差しが暖かいので、元船乗りとして他の妃嬪《ひひん》たちに比べて寒さに強い黄家の者であれば、外で食事するとむしろ暑いくらいだろう。

「おぅい、才姉！」

「おや、珍しいことだ」

手を振る美蘭に、ちょうどお茶を飲んでいた才が目を細めたのがわかる。

「お久しぶりです」

雨妹が丁寧な礼をしたので、静も慌てて真似《まね》をする。

というか、静は連れていかれた先にいきなり、あからさまに偉そうな雰囲気の女性がいたので、目を白黒させていた。なんの気構えもなく徳妃に会わされた静には、これも人生経験だと思ってもらおう。その前に美蘭《メイラン》も徳妃なのだが、静はこのことに気付いていないままである。

「雨妹と、可愛い客人も一緒じゃないか」

そう言って才が静に、意味あり気な視線を向けてくる。

――これは、静静のことを知っているかな。

才はさすが黄家が後宮へと送り込んだ人なだけあり、静の正体もお見通しのようであった。しかし、才は特に静のことを追及したりはしない。

「まあ三人とも、こちらへ座りな」

才がそう言って手招きすると、側仕《そばづか》えたちが雨妹たちの分の席を用意してくれた。その席に慣れた様子で座る美蘭と、多少緊張しながらその隣に腰かける雨妹と、そのまた隣にキョロキョロと視線をさ迷わせながら静が座る。

「女の人が、武器を持っているんだね」

あちらこちらを観察していた静が、ひそっと雨妹にそう話す。離れた所にいる宮女が武器を携えている姿が、静は気になったらしい。剣を佩《は》いている立ち姿は、確かに格好良くて見惚《みと》れるのもわかる。

——そういえば前に話をした時、女侠客《きょうかく》の話には食いつきが良かったっけ。

逞《たくま》しさにあこがれている風でもあったので、武装した才の配下のことが気になるのだろう。

「最近物騒な話が多いから、ああして守っているのかもね」

「ふうん、武器を持っても怒られないの？」

ひそっと話に応じた雨妹に、静がそう問いかけた。しかし、この問いに反応したのは雨妹ではなかった。

「なんだ、武器を持つと叱られると思うのかい？」

問いに問いで返され、静は才を見て、話をしてもいいものかと雨妹を窺《うかが》ってくる。これに雨妹が頷いてやると、静が答えるには。

「女には過ぎたことを望むなって、老師が怒るんだ」

なるほど、静を育てた老師とやらが考える女の生き方には、武器など不要ということなのだろう。人は色々とあるのだから、一つの考えだけが正解ではないのだが、静にはこれに多少の不満があったことは推測される。

この静の答えに、才は大きな口を開けて笑った。

「はっは！　その老師とやらは頭が固いものよ。他者の力を撥《は》ねのけるための力を得るのに、男だとか女だとかがあるものか！　むしろ、肉体の頑丈さで男に敵《かな》わぬ女こそ、武器を持つ方がいい。それでいくばくかでも、自由が手に入る」

才の言う事も一理ある、と雨妹は思わず頷く。

「まあ、うるさい野郎どもを黙らせるには、力ずくが一番手っ取り早いってね」

釣竿《つりざお》を自在に操ってみせる美蘭も、才の話に乗ってくる。

「そうなんだぁ」

静は新しい世界が開けたといった様子で、目をキラキラとさせ始めた。これまで、よほど武器を握ってみたかったのだろう。才も、その静の欲を感じ取ったらしい。

「この娘に合う棍《こん》を選んでやれ」

背後に控えていた女官に、才がこのように声をかけた。なんと、静に武器を選んでくれるというではないか。

「え、いいんですか？」

ただでさえ突然訪ねた身であるのにと、恐縮する雨妹に対して、才はニカリと笑ってみせた。

「なに、強くなりたい女は好きだ。愛らしい娘よ、こちらが小難しい話をしている間、この者と遊んでいるといいさ」

才に手で示された女官が、一歩前に出る。

「おいでなさい、武器庫を見せてあげましょう」

その女官が静にそう告げるが、この宮には武器庫なるものがあるらしい。

――そんな場所、たぶん余所《よそ》の宮にはないよねぇ。

つまり、かなり珍しい場所へ案内してくれるということである。

「静静、すごい場所に入れてくれるってさ。後でどんな風だったか教えてね？」

どうすればいいのか戸惑う静に、雨妹は好奇心いっぱいの顔で言ってやる。できれば雨妹だってついて行きたいくらいだが、さすがに美蘭を放置するわけにはいかないだろう。

「わかった、教えてあげる！」

意気込んで頷く静は、どこか勇ましい足取りで女官について離れていく。その後姿を見送ってから、

「それで、美蘭よ。今日はなんとした？」

そこで、改めて才が美蘭へと問いかけた。

「才姉に、酒を見せてもらおうと思ってさ」

「おやまぁ、お前さんもとうとう酒の味に目覚めたのかい？」

美蘭の答えに、才が目を丸くしている。美蘭が酒のことを話すのは、才にしても相当珍しいようだ。

けれど、これに美蘭があからさまに嫌そうに眉《まゆ》をひそめる。

「嫌いだよ、あんなもの！　けど嫌でも飲まなきゃいけないなら、なんとか飲みやすくならないものかと思ったのさ」

そう言って「ふん！」とそっぽを向く美蘭に、才が大笑いする。

「ははぁ、なるほど。それでそちらの妙に博識な娘に頼ったってわけか」

才の「博識」という言い方が、誉め言葉なのか嫌味なのかただの言葉のあやなのか分かり辛《づら》くて、とりあえず雨妹はうっすら笑っておく。

「まあいいさ。酒を美味《うま》く飲もうっていう意気込みは、私も好きさ。あちらの部屋においで」

そう述べた才が残っていたお茶をグビッと飲み干すと、席から立ち上がった。雨妹たちが庭から部屋の中へと移動すると、そちらに数種類の酒が運ばれてくる。

「酒の種類で、主だったものを並べました」

酒を持ってきた宮女が、このように説明してくれた。

「ははぁ、上等なものから庶民的なものまで、揃えていますねぇ」

高価なだけではない酒の種類に雨妹が感心するのに、美蘭も「この酒は知っている」と言ってくる。

「高い酒だけ飲むのは、単なる金満野郎さ。高かろうが安かろうが、酒はどれも酒だよ」

ニヤリと笑う才の、酒を差別せずに愛する姿勢は、さすがと言うしかない。これであれば、美蘭に酒について教えやすいのは確かだ。持ってきた宮女も、そのあたりを考えて選んだのだろうが、これもさすがは才の配下であろう。

というわけで、美蘭へのお酒講座の始まりである。

「まずお酒は大まかに二つ、黄酒《ホアンチユウ》と白酒《バイチユウ》とに分かれます」

雨妹は指を二本立てて、そう話す。この黄酒とは前世で言うと醸造酒、白酒とは蒸留酒のことである。

醸造酒は穀類を発酵させた酒であり、前世でいうとワインやビール、日本酒などがこれにあたる。蒸留酒は、この醸造酒を蒸留させることで酒精の濃さを上げた酒だ。ちなみに、これらの酒に果実などを漬け込んで造る酒は、果酒と呼ばれる。さらに補足すると、黄酒を長い間熟成させたものを老酒《ラオチュウ》と呼ぶのだ。

「白酒は黄酒を濃縮したものですから、当然お酒の香りが強めです。高価なので、高貴な方々の酒宴でよく出されるのでしょうが、お酒の香りが苦手な美蘭様は、避けた方がいいですね」

雨妹はそう話しながら、試しに白酒の一つを杯に注《つ》ぎ、美蘭に差し出す。だが白酒の瓶の栓を開けた瞬間から、美蘭は鼻に皺《しわ》を寄せていた。

「……うん、私が酒だって思っているのは、こういう匂いだよ」

嫌そうに酒の香りを嗅《か》ぐ美蘭に、雨妹は苦笑する。

「美蘭様がお酒に頓着《とんちゃく》されない様子なので、周囲からは『とりあえず高価なものを出せば問題ない』と思われているのでしょうね」

安酒を出して叱られるよりは、失敗が少ないやり方だとは思う。「酒が飲めない」と申し出た相手に白酒をあえて出すのは、はっきりと意地悪だろう。けれど美蘭は酒に弱いことを周囲に表明していないのだから、雨妹としてもこれを悪いとは言えない。

続いて雨妹は黄酒を杯に注ぎ、美蘭に差し出す。

「黄酒の方が、穀物の香りが感じられて好ましい、などという意見もありますよ」

「うん、言われてみれば……これは米の香りかな？」

美蘭は先程の白酒よりは鼻の皺も控えめになって、クンクンと嗅いでいる。

「出来立ての黄酒の香りは、格別だぞ？　新酒が出来る頃は、一年で最も楽しみな時期であるな」

並べられた酒の一つからちゃっかり自分の杯に注ぎ、ご機嫌で飲んでいる才《ツァイ》がそんなことを語る。確かに前世でも酒好きにとって、新酒シーズンはお祭りであったか。

「黄酒と白酒のどちらを好むかは、人によりけりですから。お酒を好む人同士であっても、どちらを好む方が偉い、なんていうことはありませんよ」

雨妹が述べるのに、才も頷《うなず》く。

「まあ実際、酒は好きだが白酒はどうにも苦手、という御仁もある程度いるな。飲んだら悪酔いするのだとさ」

「へぇ～、そんなものなのかい」

才の話に美蘭は目を丸くしながら、杯の中の黄酒をペロリと舐《な》めたが、渋い顔をしている。やはり香り同様に、酒の味も苦手のようだ。

だが逆に、この酒の香りこそが大事だったりする。この国の酒飲みは酒の匂いで酒かどうかを判断している所があるので、味はどうとでも誤魔化せるだろう。大事なのは香りである。

「黄酒は常温か、燗《かん》をして飲むものですが、冷えた井戸水で割るのもいいですし、お湯で割ってもいいんです。要は、自分が飲みやすいように工夫するんです。特に温めると黄酒の香りが引き立ちますから、割って飲んでいても、周囲は酒精の弱さに気付かないでしょう。あとは、飲みやすいように、お酒を自分好みに調える、という方法もあります」

そう話しながら雨妹が手に取ったのは、卓に置いてあった食材である。酒に変化をつけるためだろう、いくつかそれ用の材料も置いてあったのだ。その中に高価な肉桂《にっけい》――シナモンがあったのは、さすが黄家《ホアン》といったところか。

雨妹はそれらの材料から肉桂と生姜《しょうが》を選び、軽めの黄酒をお湯で割った中へと入れて、馴染《なじ》ませる。

「これでどうでしょう。お酒の香りは気になりますか？」

雨妹が差し出した杯を、美蘭は恐る恐る受け取ったのだが。

「……あ、これなら酒臭さがそうでもないや。それになんだかすうっとした味で、美味しいかも」

ここで、美蘭が初めて酒に対して好評価を出した。さすが肉桂と生姜の潜在能力の高さである。

雨妹は前世で、この組み合わせで自己流カクテルを作って飲むのが好きだった。

「飲みやすいといえば果酒もありますけれど、あちらはまた独特の味と香りですからね。甘ったるさが苦手な人もいますし。こうして後足しの方が、味や香りの調節がしやすいんです」

「ふむふむ、確かにそうだ」

雨妹の話を聞きながらちびちびと肉桂生姜酒を舐める美蘭だが、先程のような渋い顔にはならない。

「ふふ、肉桂に生姜なんて、お前さんもなかなかの通だねぇ」

その傍らで、才も宮女に同じものを作らせ――だがこちらはお湯割りではないが、楽しそうに飲んでいる。才は美蘭の頼みにかこつけて酒の飲み比べをするのが、とても楽しそうで、本当に酒が好きなのだろう。

「他に、酸味が好きなら、檸檬《レモン》を入れてもいいですね」

「ああ、最近佳《カイ》の近くから売り出されたっていう、アレ?」

雨妹が檸檬を勧めると、美蘭《メイラン》もやはり檸檬を知っていた。利民《リミン》あたりから送られてきているのかもしれない。

「そう、その檸檬です。お茶に入れてもいいし、お酒に入れても美味しいんです」

「へぇ～、今度全《チユエン》に檸檬を入れて、お茶を淹《い》れてもらおうかな」

雨妹の助言に、美蘭が「良いことを聞いた」という顔をした。

「あとは、酒を飲む相手がカパカパと杯を空ける人であっても、こちらはそれに付き合わないことです。ちびちび飲むのも、酒の味を十分に味わっている風に見えますので。相手と同じように酒を飲まなければならない規則など、どこにもないんですから。自分が美味しく飲めるものを飲めばいいのです」

前世の飲み会でも、色々な酒飲みがいたものだ。それこそ、一気に飲む方が酒の味がわかるんだと豪語する人がいれば、ほんの一杯をちびちびと時間をかけて飲むのを好む人もいた。料理と一緒に酒を飲むのを好む人がいれば、酒は酒のみで飲まないと味がわからない、なんて言う人もいた。本当に人それぞれだ。ただ看護師的意見を言わせてもらえば、一気飲みや空《す》きっ腹の酒は身体《からだ》を壊すので、ぜひ止《や》めてほしいところだ。

雨妹の意見に、才が苦笑する。

「まあね、酒宴じゃあ本当に酒の味がわかるのなんて、最初の一杯だけさ。あとは適当に誤魔化せばいい。お前さんは真面目に付き合うから、酒が苦手になるんだ。付き合い方ひとつで、酒も美味くなるぞ？」

「むぅ、そうかなぁ？」

美蘭はよくわからないという顔で首を捻《ひね》ったが、さらに雨妹は続ける。

「それに、お酒を飲むフリだって有効です。口をつけて飲むように見せかけて、本当は舐めるだけにしておくんです。その間に相手に二杯くらい飲ませる！」

要するに、相手が「酒はこれくらいにしておこう」と酒の杯を置いてくれれば、それで酒宴は終了できるのだ。なので自分がなにを飲むかではなく、相手にどれだけ飲ませるかが、酒宴を早く終えるために必要なことだろう。

雨妹としては非常に理に適《かな》った意見を述べたつもりだったのだが。

「お前さんも、まるで飲み屋の玄人みたいなことを言うねぇ」

そう告げた才に呆《あき》れられてしまった。

だがなにはともあれ、美蘭は肉桂生姜酒が気に入ったらしい。肉桂という高価なものを使っていれば、他人から酒の飲み方でとやかく言われることもそうないだろう。

「うん、なんだか花の宴が憂鬱《ゆううつ》じゃあなくなってきたかも」

美蘭からそのような前向きな意見が出てきたので、雨妹も知恵を出した甲斐《かい》があるというものだ。

すると、そこへ。

「雨妹！」

静《ジン》が戻ってきたのだが、その手に棍を握っていた。

「見て、これ持って帰っていいって言われたの！」

嬉《うれ》しそうに棍をずいっと前に出す静だが、彼女は背が高いので、棍を持っている姿が良くて様になっている。

「うんうん、長さもちょうどいい感じだし、似合っているよ静静《ジンジン》！」

雨妹が褒めると、静は嬉しそうにするのが可愛く思える。

「それで、武器庫ってどんな風だった？」

「それがね、すごかったんだから！」

続いて雨妹が尋ねると、静はとたんに興奮したように目を輝かせた。

「いろんな幅とか長さの剣とか、たくさん棘《とげ》がついたなんだかよくわからないのとか、とにかく怖そうなのがたくさんあった！」

「……なるほど」

どうやら武器庫というのは、見目好《よ》い武器を飾っておくようなものではなく、本当に実戦で使う用の武器を仕舞っておく場所のようだ。才は徳妃であっても安全を他人頼みにしない、ということかもしれない。

「才姉、武器が好きだねぇ」

一方、そう零すのが美蘭であるが、どうやら才には武器の好事家という面もあるらしい。

そんな美蘭に、才が眉を上げる。

「お前さんだって、どうせ釣竿部屋《つりざお》があるだろう？　それと同じさ」

「そりゃあ、あるけれどさぁ」

才に指摘された美蘭だが、武器庫と同じにされるのは、どうにも納得いかないと見える。

――けれど美蘭の釣竿って、立派に武器だしなぁ。

それを考えると、才の言う通り同じこととなるのだろうか？　どちらにしろ、黄家の女は強くなければいけない、ということだなと、雨妹は納得することにした。

そんな黄家の女二人のやり取りはともかくとして。

静が目を輝かせて棍を弄《いじ》っている様子に、才は気を良くしたらしい。

「自慢の武器庫を褒めてくれた礼だ。どれ、棍の基本の動きをおしえてやろうではないか」

なんと、才自ら静の手ほどきをしてくれるというのだ。

「ありがとうございます！　静静、やってみせて！」

「うん！　あの、よろしくお願いします！」

静は雨妹に笑顔で返事をしてから、才に真面目な顔で礼の姿勢を取る。

そこから才の棍教室となり、優しく教えてくれる才はやはり元船長なだけあり、誰かを導く人なのだろう。

――やっぱり、静静は女侠客《きょうかく》が似合うと思うなぁ。

真剣な顔で棍を大きく回す静を眺めながら、雨妹はそのように妄想するのだった。

＊＊＊

雨妹たちが美蘭と共に黄才の宮を訪れた、その日の夜。

同じくこの宮を、密《ひそ》かに訪ねてきた客人があった。そして、妃《きさき》の宮を夜に訪ねることを許される人物は、一人しかいない。

大仰な持て成しは不要とのことであるので、才は簡素な酒とつまみだけを用意させた部屋に、皇帝・志偉《シエイ》を招き入れる。

ここまでずっと無言であった志偉であったが、席に着くなり酒に手も出さない内に口を開いた。

「何静《ホー・ジン》はどうであった？」

いきなり本題に入った志偉に、才は「性急なことで」と苦笑する。

「もうしばらく、会話を楽しむ余裕も必要なのでは？」

「ふん、さような会話は既に飽いておる。お主のことだ、どうせあらかた調べてあるのだろう？」

なにを、とは一切言わぬ志偉に、才も無駄にとぼけることはしない。

「それはね、こちらにも優秀な配下がおりますので。この宮に閉じこもっていても、大抵のことは知れるものです」

才は己の配下の優秀さをサラリと自慢してから、志偉の問いに答えた。

「あの娘、山奥に閉じ込められるように育てられたにしては、頭が柔らかい。『日常を疑う』ということができるとは、稀有《けう》なことでしょう」

才は今日、静の「武器を扱ってみたい」という願望を叶《かな》えてやったが、これが実は普通ではない。真に故郷を出たことのない者、特に苑州《エン》などという外の情報が入り辛い環境であれば、大抵は大変な意固地者として育つものだ。実際に苑州人の特徴として、「頭が固い」という点が挙げられるくらいである。その上、静は育ての親から、「女は武器を振るうものではない」と教えられたのだという。であるならば、才のような武器を握る女を、無頼者だと下に見るのが普通だろう。

しかしあの静は、才の意見をすんなりと受け入れた。そんな地理的にも思考的にも閉ざされた場所で育ったというのに、そもそも「自分が武器を握ることが、何故《なぜ》いけないのか？」と考えること自体が、異端なのだ。

「単なる山奥育ちの無知な娘では、ああはなりますまい」

才のこの見解に、志偉は考え込む仕草をする。

「ふむ……雨妹の行動によくついて行く娘であるとは思っていたが。確かに変化のない田舎に住む者固有の頑迷さが、あの娘には薄いか」

志偉の意見に、才も頷いて続けて語る。

「静の口から出た老師とやらは、田舎でよく見られる頑固者そのものである様子。気になるのは世話を任せた配下が聞いたという双子の弟、何宇《ホー・ユウ》とやらについてです」

才はしばし情報を吟味するように、手酌で酒を杯に注ぎ、喉《のど》を潤してから続ける。

「静は老師を、行動に立ちはだかる壁であると認識している。一方で弟殿は、どんな時も己と共に駆けてくれると疑わない。静の心の導き手は、老師ではなく弟殿の方なのでは？　だが、静が語る弟殿は、かのダジャルファード殿下が語る姿ともまた違う。子どもながら、非常に興味をそそられる相手です」

そう、存在についての不可思議さは、どこかあの宮女――張雨妹《チャン・ユイメイ》と似たものを感じさせられる。だがそのようなことは、今は口にするまいと才《ツァイ》は口をつぐむ。雨妹の名は目の前にいるこの志偉にとって、毒にも薬にもなるのだから。

なにはともあれ、志偉は才の評価に満足したようだった。

「ふぅむ、黄才よ。そなたの人を見る目は確かであると知っている。なるほど、気になる御仁であるか……それにしても、この酒はお主がいつも飲むものとは、少々風味が違うな」

ようやく酒の注がれた杯に手を伸ばした志偉が、口をつけて首を傾げていた。

「ふふ、この酒は雨妹が工夫して作ってみせたのですが、なかなか美味いもので、気に入ったのです。軽く飲みたい時に、ちょうど良い口当たりでしょう？」

才は悪戯《いたずら》が成功したような顔をして、種明かしをする。雨妹の名を酒のことから聞くとは思わなかったのか、志偉はまじまじと目の前の杯を見てから、改めて酒を一口飲む。

「なるほど、言われてみれば、軽く飲むのに良いかもしれぬ……にしても酒にも詳しいとは、尼寺育ちのあの娘は、どこの誰に酒を飲まされたのか？」

「おやおや、妙な勘繰りは、嫌われる元でございますよ？」

しかしやはり心配の芽がムクリと出たのに、才がクスクスと笑うと、志偉が渋い表情をする。しかしその顔も、最近は髭《ひげ》が薄いので、なんだか若く感じてしまう。威厳が減ったと思う者がいる一方で、全盛期の志偉を思い起こさせるという者もいるとか。

かくいう才は、髭に頼らなければならない威厳など、ないも同然だと思っている。

「そうそう、髭が薄い陛下も、なかなか男前ですぞ？」

ニヤリとする才に、志偉は微《かす》かに目を見張るのだった。

第二章　花の宴の気配と、ダジャルファード

今年も、花の宴が開催される。

その開催の合図といえるのが、百花宮《ひゃっかきゅう》の門前にずらりと並ぶ、軒車やら荷車の列であろう。普段は開かれていない皇帝の後宮の門が、この時ばかりは里帰りをする皇子や公主に向けて開かれるのだ。当然当人たち以外にもお付きの者が大勢従えられてやって来るので、その人数はかなり多い。そのため彼らの荷物を積む荷車もかなりの数となり、門前は大渋滞を起こすのだ。

こうやって帰省してくる皇族たちが滞在するのは、通常であれば後宮内の者との面会場所でもある狭間《はざま》の宮である。しかしこれだけの人数となれば、当然狭間の宮だけでは場所が足りない。なので周囲の普段は空《す》いている宮がこれらの人びとの滞在場所として開放され、清明節が終わるまでこちらの区域には関係者以外立ち入り禁止となる。

その立ち入り禁止区域を掃除している掃除係が、雑巾《ぞうきん》がけの手を止めて軒車行列を眺めていた。

「う〜ん、賑々《にぎにぎ》しいなぁ。軒車もどれも派手だし」

興味津々で渋滞を眺めているのは、雨妹《ユイメイ》である。

去年の雨妹は行動できる範囲なんて知れたものであったが、今年はやって来る皇族たちの様子が遠目に眺められる場所まで、こうやって近付くことができていた。

「へぇ～、皇子様や公主様っていうのは、あんなにいるものなのかぁ」

隣で同じように掃除の手を止めて軒車行列を眺めている静《ジン》が、このように感心している。

「いいや、あれで実は少ない方だっていう話だよ」

雨妹は静にそう語る。

「今代陛下は戦時に即位したってこともあって、歴代に比べて兄弟皇子が少ないんだって」

これは明《ミン》家の家人の老女、洪《ホン》から教わった話である。皇帝の兄弟が少ない理由としては、先帝が己の脅威となる子どもたちを殺したからだという。殺されるのを恐れ、身分を捨てて逃げた皇族もいるそうだ。

それで結果、現在残っているのは、戦乱期の後宮がろくに管理されていなかった頃に生まれた子どもなのであるというのは、洪の口からでなくとも後宮内で耳にできる話だった。先帝の死に際に生まれたとされる子どもであったり、戦乱のどさくさで一時的に皇帝の椅子に座った皇子が産ませた子どもであったりで、つまり「父親は誰なのか」というあたりが微妙な皇子や公主ばかりというわけだ。

ちなみにこれらの事実は、秘匿されているとはいえ、古参の女官や宮女などが密《ひそ》やかに語っている「公然の秘密」というものだという。

それでも宮城の執務を回すには皇族の数はある程度必須《ひっす》なので、そういう微妙な皇族も容認しているらしい。

「戦争のことは老師も話していたよ。そっか、戦争かぁ、大変だったんだろうなぁ」

静は眉《まゆ》を寄せてしみじみと言う。静も雨妹同様に、先の内乱のことを伝聞でしか知らない世代だ。戦時の話題としては、皇帝志偉の英雄物語には事欠かないが、このような事実は集めようとしないと聞こえてこないものだろう。

静の故郷である苑州は、今現在戦乱になろうかという土地であるのだが、かってはそれが国全土で起きていたのだ。静のような苦しい思いをする人が国中に溢《あふ》れていたのだから、治めるべく働いた皇帝は大変だったことだろう。

そんな感傷に耽《ふけ》っていると、「でもさ」と静が首を傾《かし》げた。

「じゃあ、普通ならどれだけの皇子様がいるものなの？」

この静の疑問に、雨妹が答える。

「皇帝陛下と太子殿下、両方の兄弟や姉妹としての皇子殿下や公主殿下がいるんだよ？　お妃《きさき》様の数だけ子どもがいたら、あんなんじゃあ済まないって」

「……確かに」

静はしばし指を折ってなにかを数えるようにしてから頷《うなず》く。静は最近雨妹にくっついて、下位ではあるものの妃嬪《ひひん》の宮に出入りを許されるようになった。その宮の主《あるじ》たちの数を二倍にして数えてみたのだろう。

「先代の陛下の頃は、それこそわんさかとお妃様がいたっていうし」

雨妹が追加情報を与えると、静は両手で数えるのをあきらめて、手をワキワキとさせる。

「ねえ、そんなに子どもを作って、皇帝陛下って死なないの？」

真面目な顔で問うてくる静は、一応どのようにして子どもができるかの知識があるようだ。

「そうだねぇ。大変そうだなって、私も思うかなぁ」

雨妹はとりあえず静にそう返しておく。

そして雨妹は脳裏に皇帝と太子の姿を思い描いて、「ふふっ」と笑みを零《こぼ》す。

――父に兄よ、静静《ジンジン》から命の心配をされていますよ！

雨妹からするとあの父には、「大勢の女を侍《はべ》らせたい！」という欲はなさそうに見える。母との一時の恋に身を焦がしたくらいなので、本来は一人の女を愛し抜きたい人なのだと思う。けれど皇族の人手不足問題は、そうした個人の心情を慮《おもんぱか》ってくれなかったということだろう。悪い言い方をするならば、扱いはまるっきり種馬というわけだ。

――皇帝になるって、実は不自由だよねぇ。

そうしみじみと思う雨妹である。

そんな話をしていた雨妹たちだが、あまりのんびりともしていられない。ああやって行列が出来ているということは、やがてこちらにやって来ることだろう。

「静静、そっちは終わった？」

「ん、綺麗《きれい》にした！」

「なら、そろそろ引き揚げようか」

万が一、うっかりお偉い方と顔を合わせたりしたら、面倒なことになるのは想像できる。回避できる危機は回避しておくに越したことはないのだ。

＊＊＊

こうして百花宮全体が、花の宴の準備でてんやわんやとしている頃。

宮城の一角にある、とある兵舎の奥まった一室では、浅黒い肌の異国の男が卓に向かって座っていた。

この男の名はダジャルファードといい、雨妹が教育係をしている、何静《ホー・ジン》の同行者として都にやってきた人物である。ダジャルファードは現在賓客のようでいて、監視対象の囚《とら》われの身のようでもあるという、微妙な立場であった。

そのダジャルファードの下を定期的に訪ね、世話人という名目でこの男の人となりを確かめる役目を負っているのが、皇帝の腹心とされる近衛《このえ》の明永《ミン・ヨン》であった。

「食事だ」

「……ああ」

明が持ってきた食事を、ダジャルファードは頷き一つして受け取る。

ダジャルファードにはこれまでに数回、静から木簡手紙が届いていた。今回もその手紙があり、どうやら静は文字を習い始めたらしく、なんと書かれているのかいまいちわかり辛《づら》いものだったり、そもそも文字ではなく絵が描かれていたりと、なかなか自由な手紙である。

――なにをやっているんだか。

明はダジャルファードに手渡す際に見えてしまう手紙に、内心で呆《あき》れてしまう。

静に教えているのはあの雨妹であるはずなので、恐らくは筆を握る習慣付けからやっているのだろう。文字を書くには筆を握り慣れることがまず大事だということは、明とて乳母から習ったことなのでよくわかる。それにしても、まず文字見本をひたすらなぞるものだろうに、何故《なぜ》に絵なのだろうか？　雨妹の教育法とは謎である。まあ、文字を書くよりも楽しそうではあるが。

手紙を受け取ったダジャルファードは、それをチラリと見てから無言で卓に置く。

このダジャルファードの生活は、実に単調であった。時折宮城から訪ねてくる中書令の解威《ジエ・ウエイ》からの聞き取り調査の質問に答え、その際に求められた役目をこなし、外の空気に当たらせようと外へ出しても、ひたすらに棒を振って鍛錬をする。なんとも、まるで修行僧のような暮らしぶりだ。

ダジャルファードは弟から罠《わな》にかけられ、故国である把国《ハ》を追われたばかりか、奴隷の身に堕《お》とされ、各地を転々としたらしいが。明がその彼と比べられる存在といえば、崔国《サイ》の皇帝である志偉《シエイ》だ。かのお人に比べて、なんと大人しいことであろうか？　明としては拍子抜けもいいところだ。

その代わり自尊心がとてつもなく高いらしいということは、会話の端々から推し量られる。こちらが上に出た態度を微《かす》かにでも見せると、不機嫌を露《あら》わにしてくるのだ。他国の王族となれば、自尊心が高いのもそうおかしなことではないとは思うものの、この性格での奴婢《ぬひ》生活は、非常に困難であったことと思われた。いや、だからこそ敵対した弟はこの男を奴婢に堕としたのだろうけれども。

——あの静とやらいう子どもも、都までの旅路は苦労したのではないか？

明は志偉の供をすることが昔から多かったからこそ、ダジャルファードと二人旅で都にやってきたあの静のことを思う。志偉は庶民に交じり行動することをなんとも思わない性格だから、お忍びでそこに気を配ることはなかった。むしろ自由すぎる志偉は庶民に交じってしまえば案外気配を消してしまうので、探し出すのに苦労したものだ。

その点このダジャルファードは、この性格で庶民に交じることができるだろうか？　少なくとも明は供をしたくないと思う。揉《も》めて喧嘩《けんか》を起こす想像しかできない。

この、静からの手紙にしてもそうだ。

「字を学ぶとは無茶を、静は鞭《むち》に耐えられるのか？」

この手紙を持ってきた明に、ダジャルファードがそう問うてきた。

明は最初、この男がなにを言っているのかわからなかったし、静の勉学を否定しているのかと考えた。だがよくよく話を聞いていると、「勉学に鞭の痛みは必須である」というダジャルファードの考えを、片言会話の中からやっと理解した。なるほど、この男にとって勉学とは、机に縛り付けられて痛みと共に刻まれる苦痛なのだ。となると、これはむしろ静にそのような苦痛を与えていいものなのかと、意見しているのだろう。

「そういうやり方の教師もいるかもしれんが、あの娘は鞭など打たんよ」

なので明はそう告げて、静の教師というのが、ダジャルファードと静が李《リー》将軍に保護された際に同行していた、あの娘であると教えた。確かにあの雨妹は見るからに、剣も鞭も持ったことがなさそうだ、とダジャルファードも納得する。

だがダジャルファードは、この会話以外で静について一言も尋ねない。その代わりにこの男が興味を示すことは、「これから己の身はどうなるのか」「我が国はどうなっているのだろうか」という二点である。

静は、仮にもここまで守ってやっていた子どもであろうに。手を離れた途端に無関心とは、いささか薄情すぎやしないだろうか？

――いや、俺が言っていい話ではないのだけれども。

張《チャン》美人を辺境の尼寺まで送り届け、後に彼女の死について聞かされた時、彼女の子どものことに全く思い至らなかったのは、本当に我ながらどうかしていた。いくら出自を疑われ身分を堕とされたとはいえ、間違いなく皇帝の子であったのに、その安全に気を配れなかったなんて。それだけあの旅の最中、精神状態がおかしかったということだろう。己はおそらく、恋をするには向かない男なのだろうと、今になって明はそう思うようになった。

まあ、そんな自分語りはともかくとして。

静の方は「ダジャはどうしているのか？」と頻繁に雨妹へ尋ねているという話なのに、ダジャルファードの方は素知らぬ顔で自分のことで手一杯の様子である。これではどちらが保護者かわからない。

子ども――特に女児は、いつまでも子どもだとばかり思っていても、いつの間にかびっくりするくらいに大人びていることがある。男に比べて女は精神の成長が早いというのが、明の実感としてある。その上静は苑《エン》州の厳しい環境の中で育ったのだ。きっと都でぬくぬくと守られて育った同じ歳《とし》の子どもとは、育つ速度がまったく違うことだろう。

それに比べてこのダジャルファードは、東国に国を攻められ追放される憂き目にあったとはいえ、王子に生まれて次期国王として大事に育てられた男だ。教育課程では厳しいこともあっただろうが、静と比べて全てにおいて「生に飢える」という点では全く足りない。数年奴婢生活を経験したとしても、屈辱は覚えたらしいが「飢え」は見えない。なんというか、どこまでも「王子」なのだ。そして、その辺りが志偉を苛《いら》つかせる原因であろう。

――あの静という子どもにとってダジャルファードとは、甘える相手ではないのかもな。

あの静は、都への旅の最中に足に怪我《けが》を負ってしまったというのに、保護者であるはずのダジャルファードを頼ることをせず、我慢をして歩き続けた。それは単に意地っ張りなのではなく、静にとってダジャルファードは「頼るべき大人」ではなく、むしろ保護者面されていたのだろうか？

明はそんな旅の様子を想像すると、案外しっくりくる気がしてきた。

それにしても、不安なのはもうじき花の宴であるということである。

花の宴は唯一、宮城の外に住まう皇族が百花宮に立ち入ることが許される日だ。皇族はそれぞれに独自の護衛組織を持っていることがほとんどで、それゆえに護衛同士の衝突による混乱が多く発生する。きっと宮城の影たちは、今神経を尖《とが》らせていることだろう。

それに加えて、今回はダジャルファードと静という、なにを引き起こすかわからない存在を抱えている。

――面倒が起きなければいいが……。

そしてこういう不安は案外当たってしまうのだと、明は経験でわかっており、そっと息を吐くのだった。

一方の明が去った後の室内では、ダジャルファードの前にある卓の上に、静が字の練習に書いたという木簡の手紙が並べられていた。

この木簡手紙を持ってきたのは明だ。ダジャルファードの下へ訪ねてくるのはたいてい明と解威、李将軍だけである。その明が言うには、静はどうやら最近文字の読み書きを学び始めたらしく、その訓練の一環がこの手紙ということらしい。

崔国の言葉で簡単な会話であればこなせるダジャルファードだが、読み書きの方は全く駄目であった。なにしろ母国で使っていた言葉と、なにもかもが違いすぎるのだ。それでも手紙を書いた静が文字を習いたてなために、簡単な単語の羅列となっている手紙は、明や李将軍から教えてもらった文字でダジャルファードにもなんとか読めるものとなっていた。

内容は他愛のないものであるが、それでもダジャルファードにとってこの手紙は大きな驚きであった。

――静が、勉学をしているとは。

それとも明から聞いた様子からすると、静が行っているのは「勉学をする真似《まね》をしたお遊び」なのだろうか？

ダジャルファードがこのように考えてしまうのは、彼の生い立ちに理由がある。

元はこの国では把国と呼ばれる国の第一王子であり、王太子でもあったダジャルファードは、幼少の頃から王太子に相応《ふさわ》しい人間たるようにと、厳しくしつけられてきた。剣の修行はまさしく血の滲《にじ》むものであり、勉学であっても、鞭を持った教師から痛みと共に刻み込まれるもの。過酷な修練であるが、血の滲む修行も鞭の痛みを伴う勉学も、把国では男の特権であったのだ。

さらにダジャルファードが教えられた常識では、女とは男に従うもので、女が男のやることに黙って付き従うのは当然であった。もちろん、弱き者は守らなければならない。それが強い男へ与えられた使命なのだから。だから弱き者である女を、ダジャルファードは守る。しかし「守られる」とは「従属する」とほぼ同意でもあった。これはダジャルファードがわざわざ意識することでもない、魂に刷り込まれた当然の理《ことわり》である。

さらにダジャルファードがこのように考えるもう一つの要因として、静の郷里である苑州の隠れ里での勉学も、男児には厳しい勉学を求め、女児には勉学に近付けさせないやり方であり、ダジャルファードが知るものとさして変わらなかったこともある。

勉学に長《た》けた女として唯一例外であるのが、女であるのに船長として大海原を航海していたあの「女虎」とあだ名された黄才《ホアン・ツァイ》だ。

――けれどあの者とて結局、この国の国主の妻として、従属する道を選んでいたではないか。

そうだ、賢《さか》しい女は煩わしいだけ。そう考えるダジャルファードは暗い目をして、手紙を見ているようで、その向こうに広がる己の記憶を覗《のぞ》いていた。

『どうせいずれ滅びゆく国でしょう？　滅びる国を、わたくしが頂戴《ちょうだい》してなにが悪いのですか？』

そのように言い放った東国の姫の顔を、ダジャルファードは一生忘れないだろう。

――ああ、また思い出す、戻っていく……。

ダジャルファードの記憶が過去へと引き戻されていく。

愚かで、浅はかな己をまざまざと見せつけられる過去へ――


ダジャルファードという男は、生まれ落ちた瞬間から次期国王として生きることが決められていた。それ故に厳しく教育されながらも何不自由なく育ち、国民からは「優秀な跡取りである」と評され、父王からも将来を期待されていると、そう考えられてきた。

その明るい未来への道が徐々に崩れ出したきっかけは、何だったであろうか？

大きなきっかけはやはり、弟である第二王子ルシュフェルの存在だろう。

ダジャルファードが父王の子である一方で、ルシュフェルの父親は父王ではない。

ルシュフェルは王妃が父王の臣下の男と過ちを犯した末に生まれた子である。ダジャルファードが父王とその母――つまりは先代王妃との間に生まれた子なので、兄弟でもなんでもないのだ。

ダジャルファードが耳にした噂《うわさ》によると、王妃と臣下の男とは王妃が幼少の頃より付き合いがあった。そして、王妃はかつてより恋心を抱いていたという。だが古来王族のしきたりとして、彼女は兄王との婚姻が定められている。故に王妃は恋する相手と添い遂げることはできなかった……はずだった。

王妃たち二人の恋が破れたと思っていたのは周囲ばかりで、当人たちの恋は続いていた。そしてそれを、子どもを産むという形で成就させたのだ。

王妃が父王との間には子を作らず、それなのに浮気男との間にはあっさり子を生《な》したことに、父王は当然激怒したし、周囲も王妃の不義をこれでもかと責め立てた。これがいかに国としての形を損なうものであるのか、ダジャルファードとて連日、国の重鎮たちから言い聞かせられていた。

「王子であることは、純血の王族であるあなた様のみが持つ特権であり、あなたが存在する理由であります」

後にダジャルファードが思い返せば、この言葉こそが、己にかけられた呪いであったように思う。

けれどこの時はこの言葉に特に反感を抱くことなく、素直に聞き入れた。

そして事態は動く。

王妃の不義の証《あかし》の子であるルシュフェルが、王子として認められてしまったのだ。しかも周囲にこれを説得してみせたのは、なんとダジャルファードの母である先代王妃である。

「王子が一人しかおらなんだら、その王子の身になにかが起きればいかんとするや？」

しかも誰とも知れないわけではなく、王妃の子であるということで、王族の血を引くことには違いない。それに父王は身体《からだ》が強い方ではなく、病がちでもあった。父王が万が一崩御となり、王子が不慮の事故にでも遭ったならば、国の未来はどうするのか？

この先代王妃の言葉には説得力があったらしく、父王は「万が一のために」と、ルシュフェルを渋々ながら受け入れた。

けれどこの大人の決定を、決して受け入れられなかったのがダジャルファードだ。

不義の子を産んだ王妃を庇《かば》い、ルシュフェルの後ろ盾となり守った先代王妃――すなわち己の母が考えていることが、ダジャルファードには全く理解できない。

「王家の純血を守ることこそ、王族の意義なのではないのか？」

あくまでルシュフェルと王妃を庇う先代王妃に、ダジャルファードがそう食ってかかった。すると、先代王妃は感情を見せない顔で、じっとダジャルファードを見つめて告げる。

「ダジャルファード、実に王家の者らしい、女の涙を糧に生まれ落ちた男よ」

その言葉が何処《どこ》か責め立てるように聞こえて、ダジャルファードは戸惑うしかなかった。何故自分が責められねばならないのか、全くわからないのだから。

このことで王家の意義を歪《ゆが》められた気がしたダジャルファードは、王妃とルシュフェルの存在を許した王宮が汚らわしい場所に感じてしまい、王宮に居つかなくなった。剣の腕に自信のあるダジャルファードにとって軍暮らしは心地よく、気の合う仲間たちと馬を駆り、時には船を出し、悪党退治に明け暮れた。戦って賞賛されている時が、ダジャルファードは最も安心できた。

後にして思えば、ダジャルファードはこの時に王家というものや、先代王妃の言葉について真剣に考えるべきであった。そうすれば、未来はもっと違うなにかであったかもしれない。けれどこの時のダジャルファードにその気はなく、教育係も周囲の者もそうした考えを促すこともなかったことから、残念ながら未来の変化を呼び込むことができなかった。

一方で、第二王子となったルシュフェルの存在を、先代王妃に強引に押し通された王宮も扱いかねていた。

まず問題視されたのは「第一王子と同列に扱うのか？」という点だ。その解決策として出されたのが、婚姻相手である。ダジャルファードは当時最も血の近い従妹《いとこ》を娶《めと》り、ルシュフェルは国外からの妻を娶る。こうして格差をつけることで、ルシュフェルを王位から遠ざけられる、という意見であった。

意外にもこの案を推したのは先代王妃であり、それにより王宮は「先代王妃は不安を先走らせ、要らぬ心配をしているだけなのだ」というように考え、彼女も本気でルシュフェルを跡取りとして考えていないのだと囁《ささや》かれた。

これを聞かされたダジャルファードは、ルシュフェルを心配する材料がなくなったこととなる。あくまで予備の王子であり、ダジャルファードに万が一など起こるわけがないのだから、無駄な予備でしかない。

それにルシュフェルの妻となるべくやってきたのが東国の姫であり、しかも半ば追放される扱いである日陰者の娘。かつて王族が縁付いた近隣の国ではない、全くの異民族であり、大した権力もないことに、ダジャルファードは安堵《あんど》する。

――あの者らの間に、己を脅かす存在が生まれるはずがない。

そう考えたダジャルファードであったのだけれど、ルシュフェルの処遇について解決したと思った矢先、また新たな問題が持ち上がってしまう。

「第一王子殿下は、閨《ねや》での行いがよろしくない」

そのような噂が密やかに、しかし確実に広まっていたのだ。しかもその噂は、なんと閨番の者たちの口から流れているという。

閨番とは、国王の閨を監視する役割の者のことである。ダジャルファードは次期国王であるので常に閨番がついていて、閨の様子を複数人から見られる状態で事を為《な》すのは、当然の生活であった。その生活の一部である閨番が、閨の中の事を外で吹聴するだなんて。しかも悪意ある嘘《うそ》を流すだなんて、あってはならないことであろう。

もちろん閨番に激怒したダジャルファードであったが、その閨番をなんと妻である従妹が庇ったのだ。

「ダジャルファード様、わたくしは閨が辛いのです。彼らはそんなわたくしの想《おも》いに共感してくれたに過ぎません」

なんと従妹曰《いわ》く、閨に悩み嘆いていた妻を閨番が慰めていた話が、外部に伝わったのだろうというのだ。つまり、噂の出どころは己の妻であった。

「閨が辛い」

この言葉は、その時ダジャルファードにとって最も聞き入れ難いものであった。というのも、ダジャルファードたち夫妻の間にはまだ子が出来ていなかったからだ。父王は子を産むのに祖母に頼ったが、それでも結果ダジャルファード一人しか子をもうけられていない。

そのように悩む中での事件であったので、ダジャルファードにとって大きな衝撃であり、怒りと悲しみがないまぜになった感情をそのままぶつけるように、従妹とその相談に乗った閨番を酷《ひど》く折《せっ》檻《かん》した。その間、二人で庇い合う姿が、またダジャルファードを逆上させる。

——王妃のみならず、お前までも裏切り者に堕ちるのか⁉

ダジャルファードの心がどす黒い想いで染まっていく。

ダジャルファードには、妻を切り捨てても代わりとなる女はいない。より濃い血をつなぐのが国王の役目であり、従妹よりも血の薄い妻などあり得ないのだ。

——このままでは、無駄な予備だと思っていたルシュフェルが、予備ではなくなってしまう。

このような恐怖に襲われていたダジャルファードに寄り添い、慰めてくれたのは、ダジャルファードの軍の仲間たちである。

「我が君、王宮の連中の戯言《たわごと》など、お気になさいますな。我が君の良さなれば、自分がよく存じておりますとも」

特にダジャルファードの副官であるネファルは、そう言って落ち込んでしまう気分を癒そうとしてくる。

このネファルは多少過激な言動をすることから、敵味方双方から恐れられている男だが、ダジャルファードには忠実で、愛すべき部下だ。

他の仲間たちもともに剣を振るい夜通し飲み明かし、ダジャルファードの荒れた心を慰めてくれた。

そうして次第にダジャルファードには王宮が居心地の悪い場所となり、それまで以上に居つかなくなってしまう。

――いつまでもこうしているわけにはいかぬ、いずれは王宮に戻らなければ。

そう思いはしても、ダジャルファードはなかなか気持ちに踏ん切りがつかない。

ダジャルファードは次期国王だ。国王とは王宮に座し、その存在をもって民に安心を与える存在である。こうして軍の仲間たちと共に戦うのは今だけのことであると、重々承知している。いずれは国王としての責務を果たすので、今だけは目こぼしをしてもらいたい。ダジャルファードは己の弱い心にそのように言い訳をして、仲間と共にフラフラとさらなる戦いを求める日々を送る。

特に昨今は盗賊被害が多く、これを討伐しなければ商隊が通れず、物の流れが止まってしまう。

このようにして戦いに明け暮れるダジャルファードが留守にすることが多くなった王宮では、とある衝撃の情報がごく一部の者たちに伝わっていた。

「ダジャルファード王子には、子を生すための子種がない」

この情報を出したのは、第二王子の妻となった東国の姫が国元から連れてきた側近で、医者だという者だった。東国の姫らは密《ひそ》かにダジャルファードの精液を入手し、分析したのだという。

王宮を留守にしている間のことに、ダジャルファードは当然怒った。

――私が悪いと言うのか⁉

そもそも、子種とはどういうことか？　把《ハ》国では古来こうした出産に際して、まじない師の予言を重用してきた。子を望む者は皆、まじない師の下へ行って子作りに良い日の選定と、良い子を産めるようにと祈祷《きとう》をしてもらうのだ。

当然ダジャルファードとて国一番のまじない師に願い、子作りにはお墨付きを貰《もら》っている。それを東国の医者とやらが、妙な言いがかりをつけてくるのだ。しかも、王宮の連中が「そういえば」とひそひそと言葉を交わし、次第にその医者の言いがかりを、言いがかりだと思わなくなっていく。

さらにはダジャルファードが知らぬ間に、ルシュフェルと東国の姫とが子をもうけていたというのが、さらなる衝撃を与えた。そんな情報は、ダジャルファードに知らされていなかったのだ。

それに精液を採られたということは、ダジャルファードの身近に裏切り者がいるということに他ならない。さらには気が付けば、妻である従妹は東国の姫と親しくしているという。

――もしや閨の悪意ある噂も、あの東国の女の仕業か⁉

ダジャルファードがそう察するには、様々な情報を集めるのが上手《うま》くいかなかったため、少々時間がかかった。

次期国王の妃となるべく大事に、ある意味外の世界から隔絶されて育てられた従妹のことである。おおかた都合の良い話を吹き込まれたのであろう。第一、互いに閨教育をしっかりと受けているのだ。その上、彼女が主張する「閨の辛さ」というのは、他人の閨事と比べる必要があるはずだが、あの従妹が他人の閨事を実際に見たことがあるとでもいうのか？　それこそ、次期国王の妃としてあり得ない。

そのことに気付いた時には既に遅く、王宮内ではダジャルファードの味方をしようという者が少なくなっていた。

こうなればダジャルファードはせめて、王子としての能力で己の力を示すしかない。王子としてやるべきことを為してみせれば、きっと周囲もダジャルファードを厭《いと》うのは過ちであったと気付き、悔いることであろう。そうなったところで、「子種がない」などというのは第二王子による流言だと、そう説明すればいいのだ。

それからダジャルファードは王宮での会議にも、様々な煩わしさから逃げずに顔を出すようになる。

そのような経緯でダジャルファードが参加したとある会議で話し合われたのが、「王宮の外街で奇妙な病が蔓延《まんえん》しており、民に不安が広がっている」という報告についてだ。

ダジャルファードにとって外街はいつも馬で通り過ぎるだけの場所であり、最近は王宮裏から出るために通っておらず、つまり外街の様子など知らなかった。外街に用事があるとしても、街の者が御用伺いにダジャルファードの宮までやって来るのが通常である。

それに王宮の外の者がどういう暮らしをしているのか、気にしたこともないというのが正直なところでもあった。とはいえ、病というのは結局いつもの「アレ」であろうに。

把国には「自失病」という、国民病と言える病がある。様子がおかしい場合は、大抵ソレなのだ。

「病など、いつものことではないのか？　そのようなことに頭を使うよりも、盗賊被害を減らすために軍を増強することを話し合うべきだ」

ダジャルファードは会議でそう進言した。

病をどうのと言い出したのが第二王子を推している一派であるのも、反発の理由であったのは認めよう。だがこのダジャルファードの意見は、実は大多数の把国人の意見でもあった。

この後、第二王子が気に食わない者たちはダジャルファードの意見に賛成して、会議は平行線となる。結果その会議では話がまとまらず、また後日に話し合うこととなった。

けれどその後、ダジャルファードは父王に呼び出される。

久しぶりに顔を見た父王は、もうじき死者の国へと旅立つのかと思うほどにやせ衰えていた。

「ダジャルファードよ、弱き民への慈悲の心を忘れてはならぬ」

父王が唐突に意味の分からぬことを言ったものだと、ダジャルファードは父王の耄碌《もうろく》を憂う。

「仰《おっしゃ》る意味がわかりませぬ。私は十分な慈悲を民に与えているではないですか」

ダジャルファードの反論に、父王は苦悶《くもん》の表情を浮かべる。

「そうか。いや、お前がそうであるのは、我の責であるやもしれぬ。我が弱く、無関心であったせいで……」

父王はそう言うと、目を閉じてなにも言わなくなってしまう。ダジャルファードはどうしたものかと戸惑い、しばしそのまま父王を見つめるしかできなかった。


会議での話や、父王から言われたからというわけではないが、ダジャルファードはなんとなく気が向いて、久しぶりに王宮の外を歩いてみた。

——なんだ、これは……。

己の目の前に広がる光景に、ダジャルファードは愕然《がくぜん》とする。

王宮の外街は、国に認められた職能を持つ優秀な一族が集められた場所だ。国に保護されていることもあり、誰もが裕福に暮らす幸せな街であったはずであった。

それが今見えている街は閑散としており、道行く人の顔はどこか荒《すさ》んだ様子で、路上で転がっている者はなにをしているのか？

青い顔で立ち尽くすダジャルファードの足下に、誰かが縋《すが》ってきた。

「にいさん、煙草《たばこ》をくれよぅ」

やせ細った腕を伸ばしてきたのは、男とも女ともわからぬ汚い者である。

「ぶ、無礼者、放せ！」

貧相なその者のことが怖くなったダジャルファードは、その者を蹴《け》り飛ばしてから大急ぎでその場を離れる。

王家自慢の能力者の集まり、国中どころか他国の者も羨《うらや》む街であったはずなのに、いつからこのようになっていたのか？　誰も、ダジャルファードの周囲の誰もこのようなことを言わなかった。いや、誰もこのような街を見ていないのかもしれない。ダジャルファードがいつも連れている者たちは、行動がほとんどダジャルファードと変わらない。

『弱き民への慈悲の心を忘れてはならぬ』

父王の言葉がダジャルファードの頭の中に響く。もしや父王は、この外街の現状を知っていたのか？　あのように死人の一歩手前の身であるというのに、ダジャルファードの知らなかったことを知っている。

――次期国王であるこの私が、王宮のすぐ傍《そば》のことを知らなかったとは。

ダジャルファードは自身の無関心故の怠慢を初めて恥じる。

ともあれ、現状を知るに至ったダジャルファードであるが、この時外街を少し歩いただけの短時間に、何度も聞いた「煙草」というものが気になった。煙草なんて、そのあたりに売っているものを買えばいいはずだ。この街に住む者にとって、煙草とは高い買い物ではないだろうにと、ダジャルファードは小さな疑問を抱く。

そこでダジャルファードは自ら聞き込んでみたが、会話を交わした誰もダジャルファードを王太子であると気付かない。ダジャルファードがいかに外街の者に知られていないのか少々落ち込みもしつつ、わかったことがある。

彼らの言う煙草とはそこいらで売られているものではない、「特別な煙草」であった。それを誰もが欲していて、飲食も仕事も忘れてただ煙草を求める者たちが外街にあふれている。ここへきてダジャルファードはこれが「病」などという可愛《かわい》らしいものではないと、ようやく気付いたのだ。

「特別な煙草」とは一体なんなのか？　ダジャルファードはこれを調べようと決意する。

しかし行動に移すには、これもまた遅すぎた。なんと運悪くこの時期に東国の軍隊が把国に乗り込み、進軍してきたのだ。

いや、後にして思えばダジャルファードを陥れるために、まさに時機を見計らわれたのだろう。あまりに事が起きるには都合がよすぎた。

とにかく、ダジャルファードは当然のことながら、先頭に立って東国と戦った。

——東国の軍を国内で暴れさせてなるものか！

ダジャルファードと仲間たちの奮闘の結果、東国の軍勢を押し返すことに成功する。戦っている間、ダジャルファードは色々な問題から解放された気分であり、外街の「特別な煙草」のことも忘れかけていた。

奮闘してくれている兵たちを労《いた》わるためにと酒を振る舞い、自らも楽しく飲み、次の戦いに備えていた時に、その知らせはもたらされる。

そろそろ休もうとしていたダジャルファードの天幕に駆けこんできたのは、信頼する副官ネファルであった。

「国王陛下、崩御！　お亡くなりになられました……！」

なんと、父王が死んだという。

確かに父王はめっきり弱っており、いつ逝ってもおかしくないとは思っていた。それでも驚きと恐怖と喪失感で、血の気が引いていくダジャルファードの耳に、続けて報告がなされる。

「その上、ダジャルファード殿下も戦死なさった模様」

「……なに？」

その先のことは、ダジャルファードの記憶は確かではない。恐らくは毒でも盛られていたのだろう。しかも戦場で己の命を預けるに足ると信じていたネファルに、裏切られたのだ。

その後気が付いたダジャルファードは鎖が巻かれた姿で、檻《おり》に入れられていた。

檻の外に人の姿があり、それが第二王子ルシュフェルであるとわかる。彼は檻の隣で優雅に椅子に座っており、手に握る鎖を引くと、ダジャルファードの鎖が引っ張られる。

「兄上殿には見えますかな、良い光景でしょう？」

笑顔のルシュフェルが手をかざして示した先にあるのは、無残に焼け落ちた王宮と、東国の兵士に蹂躙《じゅうりん》されている外街の様子であった。その光景に、ダジャルファードは声もなくただ目を見開くしかできない。

「こうして流された血で、澱《よど》んで腐った血が洗われていくようだ、そう思いませんか兄上殿？」

ルシュフェルが鎖の先をもてあそびながらダジャルファードに話す様子を見て、ダジャルファードはようやく悟る。この事態を招いた元凶が、この男であるということを。

「きさま、このようなことをして許されると思うているのか！」

檻の中から怒鳴るダジャルファードに、しかしルシュフェルは微笑《ほほえ》みを返す。

「おかしなことを仰る兄上殿だ。許すもなにも、誰かに許される必要性を感じませぬ」

そう言ってダジャルファードを射貫《いぬ》くように見つめる視線には、ゾッとする冷たさが宿っていた。

「開き直りか、みっともない。きさまは国王陛下を、父上を殺したのか⁉　多くの罪なき者の命を奪ったのか⁉」

それでも檻の中から糾弾するダジャルファードに、ルシュフェルは微笑みを崩さない。

「罪なき者とはおかしな仰りよう、冗談にしては上等だ。この地に巣食っていた腐った血を維持するために、どれだけの民が踏みつけられ、命を落としていったものか。兄上殿にわかりますか？」

「……？」

ダジャルファードにはルシュフェルがなんの話をしているのか、全くわからない。怪訝《けげん》そうにするダジャルファードに、ルシュフェルが幼子に向けて話すかのように、優しく語りかけて来る。

「兄上殿、ご存知《ぞんじ》でしたか？　あなたが嬉々《きき》として狩っておられた盗賊という存在は、元は全て善良なる国民でございます。それが病や貧困で身を立てられなくなり、他者の実りを奪うしか選ぶ道が見えなくなったのは、国の怠慢というものでしょう」

ルシュフェルの話すことが、ダジャルファードには理解できない。盗賊は盗賊、悪党ではないか。それが元は善良な民だというのか？

呆然《ぼうぜん》とするダジャルファードに、ルシュフェルは「仕方ないなぁ」という表情になる。

「兄上殿の世界は狭く、国とはこの王宮を指すのでしょうね。しかし国民のほとんどは、王宮でも外街でもない、貧しい村で暮らす者たちなのです。つまり、兄上殿は民殺しを繰り返されていた凶悪な殺人鬼ですね」

殺人鬼呼ばわりされたダジャルファードは、檻の中であることも忘れてルシュフェルに突進しようとして、檻に身体をぶつける。

「そんな誤魔化しに惑わされるものか！　元は善良なる民であるのが真実だとしても、それで盗賊に堕ちて他者を害して良い理屈にはならぬ！」

「はっはっは！」

ダジャルファードが説き伏せようとするのに、しかしルシュフェルは大笑いをする。

「なんとお可愛らしいことを仰るのだろう、まるで幼児の癇癪《かんしゃく》のようだ。それにしても、兄上殿は頭に血が上っているように見受けられるが、どうです？　煙草でもやって落ち着かれては」

ルシュフェルがそう言って手を叩《たた》くと、どこからともなくやってきた側仕《そばづか》えらしき女がルシュフェルの前に跪《ひざまず》き、布に包《くる》まれたなにかを差し出す。

「さあどうぞ、兄上殿」

その煙草とやらは、ダジャルファードが見たことのない代物であった。葉で巻いてあるものではなく、それに異臭がする。

――待てよ、「煙草」だと？

東国が攻めてくる前に見た、外街の様子が思い出される。

「それも、きさまがやったのか……⁉」

嚙《か》みつくように叫ぶダジャルファードに、ルシュフェルが大きくため息を吐《つ》く。

「ああ、やっとおわかりになりましたか。王宮の者たちはどうしようもなく鈍くていけない。助言を差し上げたのに、全く動くことがなかった。実に残念です」

そう告げたルシュフェルは椅子から立ち上がると、檻越しにダジャルファードの顎《あご》を強引に掴《つか》んでくる。

「この国を体現したかのような兄上殿、この国をあなたと共に逝かせたくないのです」

まるで憐《あわ》れむようなルシュフェルの目が、ダジャルファードには憎らしく映った。

どれ程綺麗《きれい》な言葉で飾ろうとも、この男が東国に把《ハ》国を侵略させた事実は消えないのだ。

ダジャルファードがそのように怒りを抱いていると。

「あら、あなたったら。まだそんな人の相手をしていたのね、物好きですこと」

女性の声が響き、新たにこの場に現れたのは東国の姫であった。

「それにしても、ここにもいい風が吹くようになったものね、気分がいいわ」

続いて東国の姫は、瓦礫《がれき》の山《やま》となった王宮と外街の景色を見てそう言い放つ。これを聞いたダジャルファードは、頭が煮え立ちそうになる。

「侵略者め、よくも我が国を踏みにじったな！　やはり異国の者を王家に入れてはならなかったのだ！」

できるならば東国の姫へ掴みかかり、引きずり回してやりたいと、ダジャルファードは檻に何度も体当たりをした。しかし、東国の姫はこのダジャルファードの剣幕を恐れるどころか、コロコロと笑う。そして次いで紡ぎ出された言葉は、到底信じられないものだった。

「あらあら、まだそんなことを仰るなんて、少々頭が弱くていらっしゃるのかしら？　だって、王宮や街を破壊したのは、この国の民でしてよ？」

東国の姫の言葉は、ダジャルファードに大きな衝撃をもたらす。

「なにを、なにを言うか――」

「けれど、彼らが怒るのも当然よね？　自分たちは食うや食わずの生活をしているのに、王宮周辺の者たちは贅沢三昧《ぜいたくざんまい》。一体誰のお金で贅沢をしているのか、知っていたのかしらね？」

ダジャルファードが反論しようとするも、東国の姫はそれに言葉を被《かぶ》せてくる。

「これで王子だなんて笑えること、まるで子どものごっこ遊びね」

「……違う」

「殿下が東国兵と戯れている間に、煙草で骨抜きにされた王宮と外街は、あっという間に落ちたものね。あまりにあっけなくて、いっそすがすがしいほどに」

「……やめろ」

「あなたは国に捨てられたのよ、王子様」

「違う！　なにを、なにをぬけぬけと侵略者め！」

ダジャルファードは駄々をこねる子どものように叫び、首を振った。

「どれほど己を正当化しようと、兵を出してこの地を辱めたことには変わらぬ！　何故このようなことができるのだ、きさまも、お前も！」

東国の姫とルシュフェルを睨《にら》みつけるダジャルファードであったが、これに東国の姫は微笑む。

「何故って、わたくしは自分の国が欲しいの。本国の兄姉《きょうだい》に煩わされない、わたくしの国が」

まるで「玩具《おもちゃ》が欲しいのだ」と無邪気に話す幼子のような、慈愛の笑みすら浮かべる東国の姫に、ダジャルファードは怒りを通り越してゾッとした。

「それでいうと、ここはうってつけね。どうせいずれ滅びゆく国でしょう？　滅びる国を、わたくしが頂戴《ちょうだい》してなにが悪いのですか？」

このように話す東国の姫のことも、その隣に寄り添うルシュフェルのことも、ダジャルファードには全く理解できない生き物に思えた。

その後、ダジャルファードが檻に入れられたまま元外街の中を荷車に乗せられて移動していくと、どこからかこちらを見ていた者たちが石を投げてくる。最初はパラパラとしたものが、やがて石の雨となる。

「なにが王族だ！」

「国から出て行け！」

「王宮と外街の怠け者め！」

「ルシュフェル様に栄光あれ！」

口々になにかを叫びながら石を投げるのは、把国の民だ。把国の民が、ダジャルファードを悪《あ》し様《ざま》に罵《ののし》ってくる。

何故なのだろう？　特別な職能を持った一族は国の宝、それを厚遇することのなにが悪いのか？　一族以外の者との婚姻は許さず、破った者は最悪死罪。これは国を守るのに必要な方法であったはずだ。

それがどうして、このようなことになったのだろうか？


それから、ダジャルファードはルシュフェルと東国の姫の手によって奴隷商に売られ、あちらこちらを転々とさせられる暮らしとなった。粗末な食事しか与えられず、身体は次第に衰弱していく。人間ではなく商品として扱われることで屈辱も味わい、心が擦り切れていく。

ダジャルファードの身柄は幾人もの奴隷商に転売され、やがて元の身分を知る者はいなくなっていく。ただ「私は王子だ！」という妄言を吐く男であり、言う事をきかず奴隷であるということをわかっていない。他人からはダジャルファードはそう認識されていて、「売れ残り」と他の買われてゆく奴隷からも馬鹿にされる始末。「次期国王である」ことが存在意義だと、幼い頃から言われ続けてきたダジャルファードは、心が千切れんばかりに苦しんだ。

そして転売される中で、東国による他国への手出しの手口も多く見てきた。

東国は弱体化した国には、軍隊を送り込んで強制的に属国化を行う。手を出してみたものの強靭《きょうじん》な反応が返ってきた国には、素知らぬ顔で友好的なフリをしつつ、政変を促すように内部工作を行う。その手段として使われるのが、あの「特別な煙草」であった。

つまり、把国は東国軍が進軍してきたはるか前から、侵略行為を受けていたのだ。それに気付かなかった己がいかに間抜けであったのかを、今になって知ることになる。ダジャルファードはようやく己が怠惰であったことを、自ら理解するに至ったのであった。

——我が国の民らは、今どうしているだろうか？

ダジャルファードに石を投げた者たちとて、今になって悔やんではいまいか？　東国に踊らされ、一時の激情に駆られただけで、あれらも国の民であったのに。何故かつて己は、彼らと話し合うことをしなかったのか？　今になって、そのような後悔が押し寄せてくる。

そうして「売れ残り」として各地を転々とした果てに、たどり着いたのが崔《サイ》国の苑《エン》州である。

そこで東国兵の慰み者となる奴隷を求められている中、線の細い弱そうな少年——何博《ホー・ボウ》がダジャルファードを買ったのだ。

皮肉なことにダジャルファードは東国の奴隷商に転売される内に、東国語を話せるようになっていたので、片言の東国語を話す博と会話をすることができた。

「何故自分を買ったのか？」

そう尋ねるダジャルファードへの博の答えは「同情」だった。

「あなたは、元は高貴な生まれなのでしょう？　それでそのような……なんだか他人事《ひとごと》と思えなくてね」

そのように優しく語る博に、しかしダジャルファードが抱いたのは反発心だ。

博とて、恐らくは身分のある生まれなのだろう。それなのに砦《とりで》で男娼《だんしょう》として扱われている姿を、ダジャルファードは嫌でも見るようになる。その彼に、ダジャルファードは同情されたのだ。

買われたことでダジャルファードの生活はマシになったものの、王子としての誇りだけが己が己である証であった身にとって、その生活も安寧を与えるものにはならない。むしろ生活が改善され、思考を巡らせる余地が生まれたことで、かつての己を取り戻したい渇望が強くなる。

博はそんなダジャルファードに東国語を交わして話し相手となることを求め、ダジャルファードの方も会話をすることで崔国の言葉を覚えていく。というより、てっきりこの土地のことを東国内だとばかり思っていたダジャルファードは、言葉を覚える過程で崔国の外れなのだと知った。

崔国ならばダジャルファードも知っている、昔よく海賊退治で出会った、風変わりな女船長の母国ではなかったか？

ともあれ、東国の外まで流されてきて、誰も己の事を知らないのであれば、逃げるのも容易なのではないだろうか？　ダジャルファードの中にふとそのような考えが浮かぶが、これに否を唱えたのは博であった。

「逃亡した奴隷、この国では奴婢《ぬひ》というのだけれど、彼らには辛い罰が下る。連れ戻された後のことを考えるべきだ」

崔国で奴隷は厳しく管理されており、逃げればその扱いはより悪化する。その上、人の出入りには決まりがあり、この国に住まう民である証の無い者には、州境を越えられないどころか、大きな街にも入れないという。当然その証を持たないダジャルファードには、州境を正式に越えることができない。州境など強引に突破できなくもないが、そのような危険を冒してまで、一体どこへ行くというのか？

そのように説明されると、ダジャルファードとしても黙るしかない。それにこれまでの長い奴隷生活で、かつて鍛えていた肉体も見る影もない。逃亡の末に戦闘となると、果たしてどこまで戦えるものだろう？

悩んだ末に逃亡は諦《あきら》めたダジャルファードであったが、ここで逃亡を引き留めた博の思惑を、やがて知ることとなる。

ある時、東国から視察に来ていた高貴な者が博を気に入り、連れ帰ると言い出した。その際にダジャルファードは博の供として同行を求められたが、何故か博がこれを拒否する。

「この奴隷には、正直飽きていたのです」

東国側にはそう告げた博であったが、その裏でダジャルファードに語った。

「あなたは私が動かせる唯一の兵だ。とある里に静《ジン》と宇《ユウ》という姉弟《きょうだい》がいる。どうかあの子たちが辛い目に遭わないように、守ってあげてほしい」

曰《いわ》く、博たち何家というのは、この苑州を治めている一族なのだという。自分がここから去ると、もう何家に残されたのは静と宇しかいなくなってしまうのだそうだ。

博が身分ある者だとは思っていたが、まさか統治者一族が男娼をしているとは、ダジャルファードは信じられない思いだった。そんなダジャルファードに、博は悲しみの表情を向ける。

「苑州に暮らす民のために耐えるのは、私までで良い。あの子たちにはただ、幸せに暮らしてほしいのです」

そう述べた博を見て、ダジャルファードは故国で味わった口惜しさがまざまざと甦《よみがえ》ってくる。

――そうだ、私はあの時間違えた。

もっと民の暮らしと向き合うべきだったのだ。そのことをこの時に至って理解しようとは、まったくもって遅すぎた。しかしここで博の助けになれれば、過去の己の恥を多少なりとも濯《そそ》げる気がした。

「わかった、私がその子どもたちを守ってやる」

力強く告げるダジャルファードであったが、博はそんな彼を見て微笑む。

「あなたにとっても、きっとなにかを変えるきっかけになることでしょう。何家を変える、もしくは終わらせることが出来る者は、あの子しか残されていない。逃げて幸せに暮らしてほしい気もするけれど、変革も望んでしまう……私は心の芯《しん》まで何家で、違う生き方はもうできないから」

博の悲しむような、諦めのようなその表情の意味が、ダジャルファードにはわからなかった。


そのような訳でその姉弟の下へ訪ねていくことになったダジャルファードだが、形としては博に捨てられた奴隷であるので、装備などをろくに持たされることはなかった。姉弟が暮らす場所への道はかなり険しく、難儀しながらその里を目指す。

そしてたどり着いた里で、静と宇の双子の姉弟と出会うのだ。

ダジャルファードは里へ着いたはいいが、里の者は突然やってきた見慣れぬ異国人を警戒した。それでもなんとか里の長老である老師と話をすることができて、博の文を見せたことでようやく信じてもらえる。その後、やっと何姉弟に引き合わされたのだが――

ダジャルファードは宮城での聞き取りの際、できるだけ聞こえがいいように喋《しゃべ》った自覚がある。けれど実際の出会いは、あのような美談ではなかった。特に弟の何宇《ホー・ユウ》という少年はとても口が立つ上に、頭が良い。そして自分の敵となり得る者に対して、容赦のない性格でもあった。

「それでアンタ、なにができるの？」

宇がダジャルファードを見て最初に、ニコニコした笑顔で言った言葉がこれだ。しかもダジャルファードの方が見上げられるほど背が高いはずなのに、何故か宇から見下されているような心地である。

このような態度をとられ、ダジャルファードはムッとして答えを返す。

「私はダジャルファード、把《ハ》国の次期国王だ……であった」

最後を言い直してしまったのは、既に把国はもうないだろうと考えたからだ。決して、宇の視線に気圧《けお》されたからではない。それに言ってはみたものの、奴隷になってこれまで「王子である」という言葉を信じてくれた人物は、博だけだ。宇はこの様子だと信じないだろう、とダジャルファードは半ば諦めていた。

しかし、宇が「ふん」と鼻を鳴らして告げたのは。

「それはアンタの過去の肩書きでしょ、くっだらない。そうじゃなくて、アンタの能力はなんだって聞いているの！」

――くだらない、だと……⁉

ダジャルファードは「王子である」という言葉を馬鹿にされたことは多くあれど、「くだらない」と断じられたのは初めてだ。

把国の次期国王であるダジャルファードは国元にいた時、ただ存在するだけ、生きているだけで価値があるはずだった。未《いま》だ引きずっていたそんなダジャルファードの価値観を、宇は初っ端《しょぱな》からバッサリと切り捨てたのである。一方でこれまでと違い、宇が「王子である」ことを否定しなかったことは、ダジャルファードの心に微かなものだが穏やかさを与えもした。

それでも沈黙は相手の意見を受け入れたことになると、ダジャルファードはなんとか言葉を紡ぐ。

「剣を振るい、軍を率いて悪党共を退治してきた」

「剣は護衛くらいかな。軍を率いる能力はアンタだけの力じゃないし、あてにならないかぁ」

だがこれも、宇は再びバッサリである。

「博め、どうせならばもっと役に立つ奴《やつ》を寄越《よこ》せばありがたがってやるのに、ほんと使えない」

そして言うに事欠いて、姉弟の身を案じていた博の行為を「使えない」と断じるとは。なんという不遜《ふそん》な子どもかと、ダジャルファードは拳《こぶし》を握りしめ、宇に向けて振りかざそうとしていた、その時。

「宇、意地悪なことを言っちゃ駄目！」

眉間《みけん》に子どもらしからぬ皺《しわ》を寄せる宇に、姉の静が指を突き出して宇の眉間をグリグリと揉《も》む。

「里の外のお話が聞けたら、楽しいかもしれないじゃない」

「はぁい」

静に叱られた宇は、ふくれっ面をしつつ渋々と頷《うなず》くのだった。

宇という子どもはダジャルファードに対して万事がこのような感じで、辛辣《しんらつ》な口をきく子どもであった。

しかし里の者たちに対しては優しく素直な子どもであり、年寄りばかりで子どものいないこの里で、たいそう可愛がられていた。ダジャルファードと他の者たちへの、この態度の違いはなんだろうか？　戸惑っているダジャルファードに、ある時静が教えてくれた。

「宇は、博さんのことを好きじゃないから」

この意見も、まったく理解不能だ。

博は己が売られていく身であるにもかかわらず、この姉弟のことを案じていた。そんな相手を、宇は何故嫌えるのだろうか？

「恩義というものを知らないのか！」

憤慨するダジャルファードに、静が困ったように眉《まゆ》を寄せた。

「宇はちょっと変わったことを言うけれど、正しいところもあるんだ。でも面倒臭がりで、ちゃんと話さないから誤解される」

こちらもまた意味の分からないことを言うものだ。この娘はきっと姉として、自分だけでも弟の味方をしてやりたい一心なのだろうと、そうダジャルファードは考えた。

そのように賢しい風な事を言う女は、ろくな者ではない。

『どうせいずれ滅びゆく国でしょう？』

あの東国の姫の言葉が、記憶の底からダジャルファードの脳裏に響いてくる。そうだ、把国でも全てはあの女が元凶だった。

この時ダジャルファードは東国の姫という存在に、まるで呪いのように心を侵されていた。

元々施されていた教育もあって、ダジャルファードは女性を己よりも下に見がちであった上、東国の姫がきっかけでかなり女性嫌いを拗《こじ》らせていたのだが、当人にその自覚がない。故に静と宇の姉弟を守ると口では言ったところで、宇を苦手に思っていても、女である静の方をより避けるように行動してしまう。

そうして避けた故の距離感が、他者に付け込まれる隙を与えたのも確かであり、それが事件を呼び込むことになる。

目を離した隙に、静が州城から攫《さら》われてしまったのだ。

いや、目を離したつもりはなかった。ダジャルファードの身の上に感じ入るものがあるらしい親切な里の者が、「お前さんにも休息が必要だ」と労わりの声をかけてくれて、それに甘えただけなのだ。

静の身柄は、気付いてすぐに動いたダジャルファードや里の者たちの手で助けられたものの、奴隷として売り払われる寸前であり、なんとも無残に髪を切られていた。

家に運び込まれ床に臥《ふ》せった静の周囲には、宇とダジャルファードだけがいた。老師など他の大人にとっては、この里が州城から目をつけられたことの方が問題のようで、今後どうするのかの話し合いで揉めている様子である。

――私が、ちゃんと見ていなかったからなのか？

思えばダジャルファードが王子として暮らしていた頃、責任を取る者は他に大勢いた。なにかの計画に参加しても、報告書で結末を確認するのみであった。王子たるもの細事に気を取られることをせず、それで良いと言われていたのだ。

しかし今、己の行動の末を確認するのは、己しかいない。ダジャルファードが己の行動の結末を、まざまざと見せつけられた瞬間である。

いや、それでも、このように幼い娘までを辱める必要がどこにあるというのか？　そうだ、そもそも悪事を働く者が最も悪いと決まっている。

――なんと哀れなことになったのか、可哀想《かわいそう》な静よ。

そのようにして心の衝撃を逃がそうとしているダジャルファードを、しかし宇は許さなかった。

ガガァン！

気付けばダジャルファードは宇から木剣で激しく打ち付けられており、それは子どもとは思えぬ重さであった。

木剣を受けて痺《しび》れる腕を庇《かば》うダジャルファードへ、宇がその木剣を突き付けてくる。

「元王子だかなんだか知らないけれどな、口先だけで『守る』だのなんだのと、そんな奴はいない方がマシだね！　むしろアンタがいたから隙ができた！　里に裏切り者がいることくらい、こっちは承知だったっていうのに、アンタが引っかきまわしたせいでこうなった！」

宇は怒りが深まる程に顔色が青白くなっていく。

「『同情してほしい』とか、『特別な人間だと思われたい』とか、そんな気持ちを顔にデカデカと書いているから、都合よく扱われるんだよ。アンタは所詮《しょせん》、あの博《ボウ》の寄越した奴だね。どこまでも自分本位の甘ったれただ」

「なにを……！」

唐突に悪し様に言われ、ダジャルファードは反論しようと睨《にら》みつけるが、睨み返された宇の目線の圧に、気圧されるように言葉が萎《しぼ》む。

「アンタも博と同じで、支配者一族である己を捨てきれないんだ。自分は特別な人間だと考える、どうしようもない阿呆《あほう》の仲間か」

　宇《ユウ》のどこまでも切り刻もうとしてくる言葉を、しかしダジャルファードは止める手立てを見付けられない。

「博だってそうさ。口では綺麗《きれい》ごとを言いながら、自分は何家《ホー》のお坊ちゃまを辞めて、汗水垂らして畑を耕し、粗末なものを食す生活はできない。そう理解しているからこそ、男娼《だんしょう》になろうとも何家の身にしがみつくのさ。そんな博の我儘《わがまま》を『民のため』だなんて言い訳に使われては、民の方が迷惑だろうよ」

　宇のいっそ穏やかにも聞こえる話が、しかし耳の奥から身体を震わせる。

　――これは、本当に子どもか？

　まるで老獪《ろうかい》な怪物を相手にしているような、恐れすら抱くような、宇のこの威圧感はなんだ？

　ダジャルファードはいつのまにか、脂汗を滴らせている。

　怒り心頭のその先を行く宇を治めたのは、静《ジン》であった。

「宇、どうしたの？」

「静静《ジンジン》！　僕の最愛！」

　この呼び声に、宇はそれまでの怒りを放り投げて静の傍に膝《ひざ》と両手をついて顔を覗《のぞ》き込む。

　無残な姿であるのに宇を心配する静を見て、ダジャルファードはなんとも言えないドロリとした気持ちを持て余す。しかし口から出たのは、その気持ちとは別のものであった。

「お前たちを連れて何処かへ逃げよう。私は今度こそ、博との約束を果たす」

ダジャルファードの贖罪《しょくざい》からの申し出に、しかし批難の声を上げたのは静であった。

「逃げる？　こんな目に遭わされて、私に負けを認めろっていうの？　冗談じゃない、そんなのは嫌だ！」

床に臥せったままであるが、とたんに声を荒らげる静に、ダジャルファードは「子どもは考えが浅い」とたしなめようとした。しかし――

「まあね、このまま逃げても後味が悪い」

なんと、宇までもが静の意見に賛成する。

「何故だ。言いたくはないが、このままではここは東国になるのだぞ？」

そう、東国の手に落ちた把国のように。このダジャルファードの意見に、宇はしらけた目を向けてきた。

「それがなに？　このあたりの連中は案外図太いから、州城の主が代わったところでどうってことない。最初は文句タラタラだろうけれど、そのうち慣れるもんさ。この土地は、そうやって昔からずうっとやってきた」

宇はそのような楽観的な意見を述べておいて、「けど」と語気を強める。

「代わり方をちゃんとしなかったら、起きなくてもいい戦乱が起きる。まあ、実際もう起きているんだけれど。統治能力がないんだったら、とっとと手放せば傷も浅かったのに。僕らがそれに巻き込まれて、今後の人生をああだこうだと言われるなんて、冗談じゃない！」

そう詰《なじ》ってくる宇だが、ダジャルファードには宇の言わんとすることがわからない。

他国に征服されることが「どうってことない」とは、なんという言い草であろうか？　それに代わり方とは、奇妙なことを言うものだ。これまでのやり方を変えようとする者は反逆者であるのだから、それに抗《あらが》いこそすれ、反逆者のやり方を気にする必要がどこにあるのか？

そのような思いがダジャルファードの心に浮かぶ一方で、宇は考えるようにこめかみを揉んでいる。

「やっぱり、頼るべくは『英雄皇帝』か。皇帝陛下なら、落としどころを見つけてくれるかもしれない」

宇の呟《つぶや》きに、静が目を輝かせた。

「……！　うん、『英雄皇帝』様ならきっと助けてくれるよ！」


それから宇は、静の身の安全の保障と引き換えに、お飾り大公位につくことを了承したため、州城へ住まいを移すこととなった。

宇を州城側に差し出すことになった事態は、老師たちを大層気落ちさせていた。

「よもや、先手を打たれるとは……！」

「いや、我々の悲願は変わらぬ」

「そうだ、これを好機とするのだ！」

そこかしこで集まってはそのような話をしている里の者たち――特に、目をギラリと血走らせている老師は、宇と静の今後の身の安全を心から心配しているようには、ダジャルファードからは見えなかった。

――この里は、もしや普通の集落ではないのか？

疑問を抱いたダジャルファードに、宇は呆《あき》れた顔を向けてくる。

「今更それに気付くの？　遅くない？　ここは『反乱して自分たちが偉くなりたい！』って考える人たちの集まりだよ」

なんと、それはすなわち反乱軍の拠点ということになるまいか？　反乱軍とは、かつてのダジャルファードにとっては敵である。何度そのように名乗る者たちを捕らえ、処罰したものか。そのような敵の集落に身を寄せていたという事実に、ダジャルファードは愕然《がくぜん》とする。

反乱軍とは思考が浅慮で残忍、生かしておくと害悪でしかない。ダジャルファードはそう教えられていたし、信じてきた。しかしこの里で暮らす人々は残忍ではなく、日々の暮らしを素朴に繰り返していた。それはダジャルファードが時折目にした、把《ハ》国の外街の人々と変わりがない。

――そうだ、私は実際に反乱軍の連中が残忍である様子を、この目で見たことはない。

全ては部下や王宮の者たちからの進言である。このことに思い至り、ダジャルファードはさらに愕然とするのだった。

このような状態のダジャルファードを、宇は州城へと連れて行くという。曰《いわ》く、「この里に残してもろくなことにならない」とのことである。ダジャルファードはそれでは、今度こそ「守る」という言葉を実行しようと心に決めた。

しかし――

「ああ、これだけは言っておく。僕が指示する以外で静に近付くな」

護衛という名の見張りに囲まれる中での州城への道すがら、宇が冷たい視線でそのように言ってきた。

ちなみに二人が今いるのは、州城から迎えとして寄越された荷車に多少マシな箱がついたといった様子の馬車である。しかし険しい山道が続くので、馬車は頻繁に役立たずとなり、その度に降りて歩かなければならない。しかもこの馬車には静はおらず、別行動であった。

「何故だ、州城ではあの娘こそ危ういだろう」

汚名を雪《そそ》ごうとするダジャルファードは、そのように疑問を口にする。宇ならばともかく、それより人質としての価値の劣る女である静の身を守れなどという約束を、あちらが守るとは思えない。

ダジャルファードは当然のことを話したのだが、これに宇は「ふん」と鼻を鳴らす。

「もっともらしいことを言っているけどさぁ、気持ちが顔に出ているよ。アンタも女人差別者でしょ？　どんなことにも鈍いアンタでも、同類の行動はよく読めるってことらしいね」

「なっ、なんという侮辱か……⁉」

宇の言いざまに怒りが湧いたダジャルファードは、カッと顔を赤くした。

「無自覚ってこと？　余計に質《たち》が悪いね」

だが宇はそんなダジャルファードの様子に、しらけた目を向けてくる。

「女は己より下にあるべきだ、女は己に従うものだ、女に馬鹿にされては生きていけない。そのように女と己の立ち位置に拘《こだわ》ることを、女人を差別していると言うんだけれど、知らなかった？」

「そのような戯言――」

「ああ、『女は男に比べて劣っている生き物なんだから、男が導いてやっているんだ』とかいうのはいらないよ。その後の口論までだいたい予測できるし」

まさにそう言おうとしていたダジャルファードであったので、宇にピシャリとその言葉を禁じられたことで、続きをなにも言えなくなる。

そんなダジャルファードを宇が冷めた目で見てから、ひとつ息を吐いて話を続ける。

「アンタが考えることくらい、ちゃんとこっちだって考えているさ。静にも話しているしね、城の連中は静を『放置して死なせても構わない』くらいに考えているだろうって。けど、静はあれでしぶとい。伊達《だて》にあのクソ爺《じじい》の下で育っていないよ」

そう語る宇は、ふと表情を和らげる。

「あの爺から離れられるのだけは、今回いいことかな。いつまでも爺に保護者面されていたら、静の教育に悪いし」

そのように告げる宇のことが、ダジャルファードはわからない。

里では貧しいながらも、老師を始めとする周囲の大人たちは宇を大事に育てているようであったのに。その宇は今の所、あの里を恋しがる様子を全く見せない。一方で、ダジャルファードは今でも夢に見る。自分が幼い頃の、ルシュフェルも東国の姫もいない、平和な故国のことを。

――薄情な子どもだ。

そんな子どもだから、案外静と一緒にいなくて済むと、清々しているのだろう。

そう、ルシュフェルが鬱陶《うっとう》しく憎かった己のように。

その後、州城へと到着してからもずっと、静が宇の前に姿を見せることはなかった。

そしてあれほど静を構っていた宇だというのに、静に会いに行くそぶりも、気に掛けるそぶりもみせない。ただ州城の実質的な支配者である東国の将軍とやらに愛嬌《あいきょう》を振りまき、豪奢《ごうしゃ》な服を着て贅沢《ぜいたく》を享受するだけだ。

しかし、そんな生活が続いていたある夜、宇から他が寝静まった時刻に部屋へ来るように言われた。

言われた通りに部屋を訪ねれば、部屋の見張りの兵はいたが、ダジャルファードが入っていくのをニヤニヤして見ているだけである。

そして寝所で待っていた夜着姿の宇が、ダジャルファードの顔を見るなり告げた。

「アンタ、仮にも『王子であった』と言うんだったら、外交くらいできるよね？　なら都へ行って、皇帝陛下に繋《つな》ぎをとってきて」

これを聞いたダジャルファードは、ただ固まるしかできない。

「……何故だ？　そのようなこと、そちら方面が仕事の役人がすることだろう？」

ダジャルファードの言葉に、宇が呆気《あっけ》にとられている。

「はぁ？　ここの役人に任せるわけがないだろう？　苑《エン》州をどうにかしてもらおうっていう企《たくら》みなのに」

「なんと……」

ダジャルファードは言葉に詰まる。

いつだったか、宇と静が言っていた「英雄皇帝」とやらについてのことを、宇は本当に実行するつもりなのか？　あれ以来なにも言わないので、あのこともてっきり冗談か夢物語を述べたのだと、ダジャルファードはそう思っていたところであったのに。

こんなダジャルファードの驚きを宇は放置して、話をどんどん進める。

「手形代わりに、コレを預けてやる。あとは静も手形になるだろう。あちらにとってはお前のような『王子もどき』よりも、静の方がよほど重要人物だろうさ」

そう語った宇が、なにか硬い物が入った包みを放り投げて来た。厳重に封がされていて、「開けたら国からアンタの首を飛ばされるぞ」と宇が脅してくる。

ダジャルファードは宇から「王子もどき」と揶揄《やゆ》された事は許しがたいけれど、これまで全く触れもしなかった静の名を突然出してきたのに、戸惑いを覚える。

「何故、今更静なのだ？　とうに見捨てたのだろう？」

ダジャルファードが本気で問いかけるのに、宇はしばし沈黙してから、こちらを見もせずに答えた。

「はぁ〜、本当に頭を使わない男だな。アンタは赤ん坊かなにかなの？　僕が静に構ったら、余計に嫌がらせしようっていう連中が盛り上がるからじゃん。一応手は打ってあるし、静は無事だよ。なぁるほど、そんな風だから、博《ボウ》もアンタのことを放っておけなかったんだろうね。アイツは弱い者に対して優しいから」

呆れた調子の宇《ユウ》の言葉に、ダジャルファードはカッとなる。

「弱いだと⁉　なんという侮辱を……！」

「ああ、そういうのはもういいから、付き合うのに飽きたよ」

ダジャルファードが怒りを覚えて詰め寄るのを、しかし宇はサラリと流す。

「博のことは大っ嫌いだけれど、アイツはアイツで一生懸命なことは理解しているんだ、これでもね。己の身の保障という欲のためならばなんでもする、実に人間らしいじゃない？　他人をあてにするばかりで、自分はなにもしないよりはマシってところかな」

そしてちらりとダジャルファードを見る。

「バブちゃん王子、とにかくこれは決定だから。仕方なくアテになるかも疑わしいアンタに預けるけれどさ、僕の大事な静《ジン》になにかあってみろ、どこまでも……地の果てどころか地獄の果てまでお前を追い詰め、その行いを後悔させてやる」

宇の笑顔で告げた言葉に、ダジャルファードは怒りを飲み込む。

決して、宇に気圧されたわけではない。

ダジャルファードが宇に命じられるまま都に向かったのは、皇帝に会えさえすれば己の身分の正しさを理解してもらえるのではと、そういう打算もあった。博や宇が個人的に王子だと認識するのでは足りない、ちゃんと公的な身分としての王子である己を取り戻したいという渇望が消えないのだ。

その一方で、「このまま変わらず、昔を懐かしんでばかりいていいのか？」と囁《ささや》く己がいるのも、また事実である。今更、把国の王子として身の証を立ててなんになる？　把国はもう、ダジャルファードが戻れる国ではない。けれど、これまで「王子として認められたい」と願い続けてきた思いを、今更捨てられないのだ。

宇という子どもと接したことで、ダジャルファードの心に明らかな変化が起きていた。辛辣《しんらつ》な言葉を投げかけてくる宇への反発から、誰かの言いなりではなく、己で思考を巡らせるという行為に慣れだしたのだ。

なにはともあれ、結果として静と合流したダジャルファードは梗《キヨウ》の都へたどり着き、供を連れた将軍に出会った。そこから上手く運命が転がり、思ったよりも早くに崔《サイ》国皇帝と会うことも叶《かな》う。

――これが乱世を治めて国を手に入れた、英雄皇帝……！

国主という存在でまず思い浮かぶのは、己の父王である。その父王と比べて、英雄皇帝のなんと覇気の強いことだろう。

皇帝の心証を気にしたダジャルファードは、通訳を介しての会話であることを利用して、先に述べた通りに出来る限り美談に聞こえるような言葉を選んだ。それでも、皇帝はダジャルファードを「王子として受け入れよう」と言ってくれた。これでダジャルファードの悲願が叶い、喜ぶべき瞬間であろう。

にもかかわらず、ダジャルファードは何故か喜べずにいる。その理由は皇帝のあの目、宇が向けてくるものと似通っているように思える、あの視線だ。

——何故私はあのような目で見られるのだ？

さらに、皇帝は去り際にダジャルファードに囁いていった。

「ただ国の駒となるべく育てられし者の末路に、そなたも陥るか」

『国の駒』という言葉が、妙にダジャルファードの頭の中で鳴り響く。

『国王となる者は、さような事を考えてはなりませぬ』

『国王となる者は、細事に口を挟むべきではありませぬ』

『国王となる者は……』

思えばダジャルファードは幼少の頃より、「国王の心得」としてそればかり言われて育った。そうだ、難しい事は考えず、ただ頷《うなず》くのが良い国王だと、教えられたのは要するにそういう事だったのだろう。これまで考えもしなかったダジャルファードであるのに、ふいにわかってしまった。

気になるのは、これだけではない。

この崖国とて東国からの侵略の予兆があったのだと、ダジャルファードは聞かされた。であれば、ダジャルファードの故国と同じ条件ではないか？　けれど都はこうして、未だに東国軍に侵略されることなく栄えている。把国と崖国、この両国の辿《たど》る運命を分けたのは、一体なんであったのか？

それを知りたいと考えたダジャルファードが引き合わされたのは、あの将軍の供をしていた娘であった。

娘の強い目が、どこかあの東国の姫を思い出させる。そしてあの場にいる誰もが、娘に敬意を払う行動をしており、ダジャルファードよりもあの娘の方が丁重に扱われていた。

そう、また女だ。女がいつもダジャルファードの周りをかき乱す。ダジャルファードの心がドロリと澱《よど》んでいく――

『女人差別者』

脳裏に響いた宇の言葉で、ダジャルファードはハッと我に返る。己の過去に引き戻されていた心が、現実に意識を引き戻された。

ダジャルファードは気が付けば静の手紙を見つめたまま、思考を迷わせ時間を経ていたらしい。

――また、やってしまった。

ダジャルファードはここしばらく、己の奥底にある心の闇と、光を欲してもがく心との狭間を、行ったり来たりと繰り返していた。そうしていると、いつの間にやら時間の感覚がなくなってしまうのだ。なにしろ今ここでダジャルファードは一人で、命の危機はない一方で、考える時間は山ほどある。

『どうせいずれ滅びゆく国でしょう?』

また、あの東国の姫の言葉が思い出される。けれど今度は、己の心の澱みに引きずられることなく、言葉の意味を考えてみる。

あれは「東国が把《は》国を滅ぼす」という意味なのだとばかり、ダジャルファードは考えていた。だがひょっとして、この考えは違うのだろうか?

次いであの娘が言っていたことが、頭の中でぐるぐると渦巻く。

『近親婚を繰り返すと、問題のある子が生まれやすくなる』

これは冗談でも紛い事でもなく、崔国の歴史に刻まれた厳然たる事実であるという。「濃い王家の血を残す」のが最上の使命だと言い聞かされていたダジャルファードは、これを否定したい。だが、告げられた近親婚の弊害というものは、どれも聞いたことがある――己の身に当てはまることでもあった。

もしや東国の姫は、近親婚について知っていたのか？　それだけではない。ダジャルファードを責めた先代王妃もダジャルファードの妃である従妹も、同様に勘付いたのか？　だからあのような閨事《ねやごと》の話を流したのか？　ひょっとして父王も、だからこそ王妃が生んだ男児を結果王子として受け入れ、東国の姫を妃に受け入れたのか？　あれは第二王子を格下として扱うためではなく、王家の血を残すための策であったのか？

知らないのは、ダジャルファードだけであったというのか？

『アンタは赤ん坊かなにかなの？』

疑問ばかりが浮かぶダジャルファードの心に、宇の言葉が今更ながらに刺さる。本当に、己はなにも考えていなかったのだ。

そしてダジャルファードは今でも、こうして未だに兵舎の一角に見張り付きで押し込められている。時折明《ミン》が語る静の様子の方が、よほど自由で大事にされていた。宇が言っていた通り、崔国にとっては静の方が重要人物であるというのは、本当だったということだ。ダジャルファードのことは、むしろ転がり込んできた厄介事の種であるというのが、接してくる者の態度でも知れた。

逆にダジャルファードが把国の次期国王として、さして国交のない国から来た男と出会い「自分は王子だ、話を聞いてくれ」と言ってきたところで、果たしてまともに話を聞いただろうか？

――いや、話を聞いてくれて、こうして安全な暮らしを与えてもらえただけでも、幸運だったのだ。

これまでだって、おそらくは同じように安息を得られる場所はあっただろう。けれどダジャルファードは安息よりも、「王子であること」の方が重要だった――そう思い込んでいたのだ。この事に気付くまで、なんと時間がかかったことだろう。ダジャルファードは「ほぅ」と息を吐き、天井付近にある明かり取り用の小さな窓の外へと目をやる。

外はいい天気で、窓を開けておくと時折風がいい香りを運んでくる。聞けば隣の敷地の百花宮では、近々花の宴《うたげ》という、花を愛《め》でる宴が催されるのだそうだ。故国ではあまり花を愛でるようなことをしなかったダジャルファードだが、今では無性に故国でよく見た大輪の花が見たくなる。

「失って初めて気付く」とはこういうことなのだろうと、ダジャルファードはまたため息を吐くのだった。

第三章　花の宴の始まり

忙しい日々はあっという間に過ぎ、いよいよ花の宴当日の早朝である。

雨妹《ユイメイ》宅では、準備にてんやわんやであった。

まず自分の身支度をした雨妹は、次いで静の身支度を手伝う。付け毛をして髪を結い、簪《かんざし》を飾る。

この簪というのが、実は去年雨妹が使ったもののお下がりだったりする。

雨妹も本当は新しい簪を用意してあげたかったのだが、付け毛が間に合ったのが本当にギリギリであったので、簪を買うのが間に合わなかったのだ。その代わり、付け毛がないことを想定しての派手な簪は、楊《ヤン》の伝手《つて》で借りられていたのだが、付け毛があるとその派手な簪は似合わないし、目立ちすぎる。というわけで、雨妹の手持ちの簪の出番となったのだ。

雨妹にとっては縁起が悪くなってしまったこの簪だが、静は「そんなことは気にしない」とケロッとした顔で言うので、これを使おうということになった。立彬《リビン》が選んだだけあって質の良いものであるので、遊ばせておくのももったいないだろう。こうなっては、新しい簪を贈ってくれた立彬、というか立勇《リーヨン》に感謝である。

ちなみに、去年の雨妹は自分の髪すら満足に結えなかったというのに、こうして他人の髪を結うようになったとは、己もこの一年で成長したものだ、と一人感心してしまう。ちなみに、この簡単な髪結いの方法を教えてくれたのは、実は立彬である。

「髪くらい結えずにどうする？　この先困るぞ」

立彬に呆《あき》れ顔《がお》で言われ、雨妹も確かに困った経験もあるので反論できない。

——髪結いの先生が宦官《かんがん》なのって、どうなんだろうね？

これを誰かに話すと呆れられるだろうことは、容易に想像できる。

というか、立彬が妙に器用すぎるのだ。あれも母の秀玲《シオウリン》の教育の賜物《たまもの》なのだろうか？　むしろ雨妹が辺境で逞《たくま》しい野生児に育ちすぎたのか？　そんなことを考えながら、雨妹は仕上げの化粧を施していく。

静の子どもならではの張りのある肌を損ないたくないので、化粧をしています感がうっすらと出る程度に留《とど》めておく。雨妹自身もそうだが、若さというのは一番の化粧となるのだ。

こうして静の支度を終えたところで、雨妹は「うん」と頷く。

「可愛《かわい》いよ静静《ジンジン》」

「へへ」

雨妹が褒めると、静が照れ笑いをする。

それにしてもこうやって着飾った静には、人を惹《ひ》き付けるところがある。子どものあどけなさと多少の大人っぽさが相まって実に愛らしく、くっきりとした顔立ちなので、存在感があるのだ。

——もしかして何家《ホー》の人って、皆こんな感じだったりするの？

だとすると、人身売買で稼ぐ者が何家の血筋を欲しがるのも納得である。これは確かに人気が出るだろう。まあ、納得するのと許せるというのは、また別の話であるのだけれども。ともあれ雨妹は、静から目を離してはいけないということを心に刻む。どこぞの皇子にうっかり持って行かれそうだ。

──皇子に近寄るべからず！

去年立彬から受けた忠告を、雨妹は再び心の中で唱えるのだった。


花の宴が始まると、どの庭園でも華やかな様相を見せていた。

「今年の花も、見事に咲いたこと」

「本当ですわねぇ」

妃嬪《ひひん》や皇族たちが華やかな衣装を身にまとい、このように花を眺めながらお喋《しゃべ》りに興じている。

──なんだか、フワフワとした気分になるなぁ。

雨妹はその様子を横目にして、そんな風に思う。

最近の雨妹の周囲では物騒な話題に事欠かなかったので、その落差がどこか夢見心地のような気分にさせるのだ。いや、物騒さを現在進行形で抱いているからこそ、皇帝はこうやって華やかさを演出して、「我々は全く危機でもなんでもない」と国民に広く知らしめようとしているのかもしれない。

──そういう演出も、時には大事だよねぇ。

そのように考えている雨妹であるが、実は去年と同じようにボーッと立っているだけのお役目ではない。前回は賑《にぎ》やかし要員であった雨妹も、今回はちょっとだけ出世をしたということで、役目が与えられていた。

そのお役目とはずばり、皿洗いである。

なにせ皿といっても皇族の接待に使われる皿であり、当然高価な品々である。それを洗うのはかなり神経を使わねばならず、普段であればこれらの食器専用の皿洗い係がいるのだ。けれども花の宴では彼女たちだけでは追い付かないということで、補充要員に抜擢《ばってき》されたのが雨妹である。普段の丁寧な掃除態度が評価されたというのが、楊の意見であった。

――それに、裏仕事をしていた方が目立たないもんね。

楊はその辺りも考慮したのだろう。

とはいえ、実際に皿を洗うのは正規の皿洗い係で、雨妹はその皿を拭《ぬぐ》う係である。そしてその補助をする静《ジン》の仕事は、積んである皿がうっかり割れないように見張るのだ。なにせバタバタと人の出入りがあるので、静の役目も地味に大事だった。危ないと思ったら、さっと皿を持ちあげて誰かとぶつかって割れるのを回避しなければならないのだから。

そんなわけで忙しくしている雨妹は、高貴な方々を観察するばかりではいられず、皿を拭《ふ》いては宴《うたげ》の卓へと持っていって、ということをずっと繰り返していた。

「ちょいと、ここの皿を運んでおくれよ」

またもや雨妹に皿洗い係から声がかかる。

「はい！」

これに元気よく返事をした雨妹は皿を持ち、静がそれに付き従うように出かける。この二組体制は雨妹たちだけではなく、皿を運ぶ時の基本体制であったりする。誰かとぶつかりそうになった時には、皿を持っていない方が身を投げ出して皿を守るのだ。雨妹たちもどちらが皿を持つかを話し合ったが、「緊張して落としそう」という静の意見を取り入れ、こうなった。

慎重な足取りで皿を持っていく間、幸いにも誰にもぶつかられることなく会場に到着する。皿洗い場は各所に設置されている花見場所ごとにあり、故に雨妹たちが皿を運ぶ場所も決まっているのだ。

「お皿を持ってきましたぁ！」

「ああ、そちらはそこに置いて、こちらを持っていきなさい」

雨妹が卓を整えている女官に声をかけると、流れるように汚れた皿を手渡され、雨妹たちはまた来た道を慎重に戻る。

これを数回繰り返したところで。

「ご苦労さん、そろそろ落ち着いてきたし、ちょいと休憩しておいで」

皿洗い係からそう言われて、雨妹と静は二人してホッとした顔になる。やはり、慣れない仕事は気を使って肩がこるのだ。

「「ありがとうございます！」」

雨妹と静は声を揃《そろ》えてお礼を告げ、洗い場の外へ出た。

「はぁ～」

外に出た雨妹は、思わずそう息を吐く。皿を落とさないように、少しの傷もつけないようにと神経を尖《とが》らせていたせいか、一時の解放にドッと疲れが出たのだ。それは静も同様だったらしい。

「なんか、疲れた……」

静はそう言うと、くたびれた様子でその場にしゃがみ込んでしまった。失敗しないようにと気を張っていたのが、ぷつりと切れたのだろう。その静の様子に、雨妹も「わかる、わかる」と頷《うなず》く。

「あれでしょ、体力よりも気持ちが疲れるの。そういうの、気疲れっていうんだよ」

「気疲れ、そうかも、気疲れしたんだ」

雨妹の説明がしっくり来たらしく、静が何度も「気疲れ」を繰り返していた。

ところでこの静は今の所、目の前に積まれた皿を気にするのに精いっぱいで、花の宴を全く楽しめていない。花の宴は確かに疲れるけれど、楽しいこともある催しなのだから、静にももっと楽しんでもらいたい。

「静静、せっかくの花の宴だし、美味《おい》しい物をちょっとつまみに行こうか」

雨妹がそう提案すると、静が驚いた顔になる。

「え、私たちが食べるものがあるの？」

静はどうやら用意されている飲食物は、全て偉い人たちのものだと思っていたようだ。確かに雨妹たちが皿を運んだ卓はそうなのだが、雨妹たちのような下っ端のために用意された料理だって、ちゃんとあるのだ。しかし、宴の終盤にならないと、ほとんど手が付けられることはない。その理

由はというと。

「私たち下っ端はたくさん飲み食いしたくてもね、洗手間《シーショウジエン》という大きな問題があるのよ」

そう、皆は洗手間――すなわちトイレに行くのが面倒なため、宴の終わり頃までできるだけ飲み食いしないようにしているのである。

なにせ後宮の全員が動員される宴である。飲食をしたら当然洗手間に行きたくなるのが自然の摂理というものだが、後宮の全員を受け入れる洗手間が庭園の近くにあるとは限らない。というか、あるはずもない。その上洗手間を使う順番とて、当然身分差が適用される。つまり下っ端宮女が洗手間を使うには、なかなか条件が過酷なのだ。それ故に去年の雨妹は遠くの洗手間に行くしかなくて、その道中で例の皇子に捕まったわけだが。

そんなわけで、洗手間からあぶれた者は、我慢がきかないならば最悪、近くの草むらで用を足すことになる。けれどここで問題になってくるのが、後宮は全て皇帝の所有物であるということだ。皇帝の所有物を糞尿《ふんにょう》で汚すことは、当然罪となる。

――まあ我慢するか、事前におむつを穿《は》くっていうことになるよね。

しかしおむつを穿いたとて、排泄《はいせつ》物の臭いという問題も同時に発生するため、完全な問題解決とはならない。それゆえ下っ端は洗手間に行かずに済むように飲食を制限するのだが、去年の雨妹はその飲食の制限に失敗した例と言えようか。

そして花の宴の終わり頃になると下っ端はその卓へ殺到し、これまでの分を取り戻すかのように飲み食いするのだ。

しかし今年、雨妹はこうやってつかの間の自由時間を手に入れた。これを楽しまずして、どうするというのか？　それに皿洗いの手伝いに任命されたおかげで、去年よりも洗手間に行きやすくなった。なにしろ皿洗い場が洗手間と近い上に、こちらは作業場になるので偉い人たちは入ってこない。つまり空《す》いている洗手間なのだ。

――最高じゃん、皿洗い仕事って！

一人勝ち誇る雨妹の一方で。

「ふぅん、なんか大変だね」

洗手間の過酷さを力説された静はそう呟《つぶや》くだけで、雨妹の熱がいまいち伝わっていないようにも見えた。洗手間に間に合わないのではないかという危機感は、その状況に直面しないと理解できないものかもしれない。

というわけで。

雨妹と静は下っ端用の飲食の卓を目指して移動しながら、人が大勢いる庭園を遠目に眺めていく。

「花が綺麗《きれい》だね」

静もやっと花の宴の雰囲気に慣れたらしく、景色を楽しむ心の余裕ができたようで、しみじみとそう呟いている。

「そうだね、どの庭もこの日のために、庭師さんたちが一生懸命に手入れをしたからね」

雨妹が笑顔で話すのに、静は「そっかぁ」と返す。

「ダジャがいる所からも、花が見えているかなぁ？」

ダジャを気にする静を「優しいなぁ」と思いながら、雨妹は「見えているといいねぇ」と応じる。

「静はこんな日も、ダジャさんのことが気になるんだね？」

静がそれだけこれまでダジャに世話になっていて、そのことに恩義を感じて懐いているのだろうと、雨妹はそう思って語った言葉であった。

「うん！　だって宇《ユウ》からダジャのことを、『しっかり面倒を見てやってね』って頼まれたから！」

しかし静から帰ってきた答えに、雨妹はきょとんとしてしまう。

「……はい？」

──面倒を見てやるの？　静静が？

謎かけを与えられたかのように困惑する雨妹に気付かず、静は言葉を続ける。

「ダジャが里に来たばかりの時だったけれど。私はダジャのお姉さんなんだよ！　弟分が変なことにならないように気を付けていないと！」

お姉さん気分満々の静に、雨妹はとりあえず「そっかぁ」と零《こぼ》すしかできない。

──ちょいちょいちょい、不思議なことを言われちゃったよ？

子どもは大人に向けて年上ぶりたくなることがあるし、それだろうか？　と雨妹は静の言葉を、そのように推測する。それに、雨妹はダジャと接した時間はそう長くはないので、彼がどのような人物なのか、把握できているとは言えない。それに崔《サイ》国人に比べて体格が良い異国人なので、それで人よりもしっかりして見えるという、体格に引きずられて考えているという点もなくはない。それに大人であることがすなわち、分別がついて敏《さと》いということでもない。世の中には子どものような大人というのもいるものだ。

――まあ、静静《ジンジン》は昔からしっかり者だったっていうことかな？

雨妹は己の中で、そのように結論付けることにした。

そして静の興味は、既にダジャから移っており、

「お妃様《きさき》って、あんなにいたんだね」

静が人の群れを見て、感心した風に呟く。

どうやら作業中は皿ばかりを見ていて、周りを全く気にしていなかったようだ。

けれど確かに、こうした宴の場でもないと、人数を把握する機会はないだろう。これでも各庭園に人を散らせているのだから、雨妹たちに見えているのはごく一部なのだ。

「陛下の子どもって、この人たちの数だけいるんだから……多いよね」

静が皇子や公主の軒車行列を見た時の疑問の答えが、改めて今口を衝《つ》いて出た。

「まあ、お妃方の全員に子どもができるとは限らないんだけれどね。子どもが生まれるかどうかなんて、ある意味運だし」

雨妹が補足すると、静は「そんなものなの？」と首を捻《ひね》る。

「じゃあ半分で数えて……やっぱり子沢山だ。そんなに兄弟姉妹がいたらさ、皆名前とか憶《おぼ》えているのかな？」

静が両手で数えながらの素朴な疑問に、雨妹は「どうだろうねぇ」と同様に首を捻った。子ども同士で顔を見たことがない、なんてことはありそうだ。

――少なくとも私は、自分の兄弟姉妹について知っているのは、ほんの少しだよね。

さらに言えば、皇族認定された方々は雨妹を姉妹に数えてすらいないだろう。

「私の弟は宇だけだけど、それでいいな。沢山いると大変そう」

そして静はというと、一通り数えて満足したようで、そう結論付けて頷くのだった。


雨妹たちがそんな話をしながら、歩いてたどり着いたお目当ての卓には、特に誰か卓の世話人がついているわけではないものだ。

卓の上に並ぶ料理も、妃嬪や皇族たちの集う卓のように華やかなものではないが、饅頭《まんじゅう》や包《パオ》などのつまみやすい食事と、花茶が置いてある。

「う～ん、料理を見たらお腹《なか》が空いてきた」

雨妹は自分のお腹をさする。皿拭きに熱中している間は忘れていられた空腹が、今復活してきているのだろう。

卓の傍らには水の入った瓶もあって、あれは恐らく「勝手に飲み食いして自分で皿を洗って行くように」ということなのだろう。

「静静、なにを食べる？　豆沙包《ドーサーバウ》は美味しいよねぇ」

雨妹は静に皿を渡すと、自身で豆沙包を箸《はし》で取った。

「この色の違う小さい包、一つだけ取るのかな？」

静が気になった包の皿をまじまじと見ている。

「それ、味違いの包だと思うよ。一つだけしか駄目なわけじゃあないから、試しに二つくらい食べてみたら？」

「へぇ～」

静《ジン》が包を選んでいる間に、雨妹は花茶を淹《い》れるためにお湯を沸かす。ちゃんと小さな竈《かまど》があるのだ。

――ピクニックみたいで楽しいなぁ。

そうそう、ピクニックといえば。

去年の花の宴では友仁《ユレン》皇子が、お付きの娘と二人でこぢんまりとした宴を楽しんでいるのに遭遇したが、今年はどうしているだろうか？　案外あれに味をしめて、今年もお付きと二人で楽しくやっているのかもしれない。

雨妹がそんな様子を想像して、小さく「ふふっ」と笑う。そして、さあ豆沙包にかぶりつこうとした、その時。

「そこの宮女よ」

ふいに聞き覚えのない男の声が響く。

雨妹は「宦官《かんがん》の誰かが食べ物をつまみに来たのだろう」と思い、「なんでしょうか？」と振り返った。

しかし振り返った先にいたのは、宦官の服装ではない。供の宦官連れで、見栄えのする格好の男である。すなわちこの男は、皇子の誰かということだ。

「静静！」

雨妹は「なんだろう？」と首を傾《かし》げている静の腕を引いて隣に並ばせ、礼の姿勢を取った。この雨妹の態度に、静もよくわかっていない顔ながらも、とりあえず真似《まね》をしている。

——なんなの花の宴って、皇子と必ず出くわすっていうお約束でもあるの⁉

あの玉《たま》の輿《こし》狙いの梅《メイ》ならばともかく、雨妹にはそんなお約束は全く嬉《うれ》しくない。雨妹が内心で盛大に文句を言いながら、黙って頭を下げ続けていると。

「面を上げよ」

皇子から許しが出たので、雨妹は恐る恐る頭を上げた。

その皇子は、年の頃は皇帝より下であろうか？　皇帝と太子のちょうど半ばくらいに見える。

——陛下の兄弟か太子の兄弟か、どっちだろう？

雨妹は判別がつかず、密《ひそ》かに眉《まゆ》を寄せた。

それとももしくはそのどちらでもない、内乱のどさくさで生まれた皇子であるかだ。以前に明《ミン》家の家人の洪《ホン》と話をする機会があった際に、そのあたりの事情も聞かされた雨妹である。なので昨年よりも、皇子や公主の立場というものが、より想像できるようになっていた。

そして、目の前の王子が仮にそうであるならば、あの大偉《ダウエイ》皇子とは別の意味で、存在が微妙な立場と言えるだろう。雨妹はまたしても厄介な御仁に引っ掛かったということであり、立彬あたりが知れば、「どうしてお前はそうも面倒事を引き当てるのだ⁉」と怒られそうな気がする。

どうやら花の宴というのはつくづく、雨妹にとって厄介事をもたらす催しであるらしい。

このように、雨妹がげんなりした気分になっていると、次いで皇子が声をかけてきた。

「我にも、そちらの料理を取ってくれぬか？」

「……はい？」

言われた雨妹は、さすがに目を丸くする。

——この人、下っ端宮女用の料理が食べたいの？

皇族用に、豪勢な料理が並んでいるだろうに、何故《なぜ》にわざわざ見劣りするこちらの料理を欲しがるのか？　いや、料理には偉い人用も下っ端用も関係なく、全て平等に美味しいのだけれども。だが偉くなればなるほど、「自分にしか食べられない特別な料理」というものにこだわるものではないのだろうか？　いや、これもまた素朴な料理を好むすごく偉い人という存在もいるのだけれども。

若干混乱してきた雨妹を、皇子は反応が薄いと思ったのか再度頼んでくる。

「そちらの料理が食べたい。あちらの上品な料理にはどうにも口が慣れぬでな、腹が減っておる」

——なるほど？

この皇子の理屈はわかるような、わからないような気がする雨妹だが、皇子から望まれて否とは言えまい。皇子が料理の並ぶ卓の前に立ったので、本当に食べるようだ。

こうなっては仕方ないので、雨妹はとりあえず自分の目の前にある豆沙包をいくつか皿に盛ると、皇子の前に置く。忘れかけていたお茶用のお湯もいつの間にか沸いていたので、花茶も淹れる。

その様子を、皇子もその供も黙って見守っている。あの宦官はこうした食事の準備をするような立場ではないのか、雨妹たちがやっていることをただ見ているだけだ。

——もう、立彬様でもちょっとは手伝ってくれるよ！

雨妹は憤慨するが、もしかするとあの宦官はあくまで皇子が後宮で要らぬことをしないようにという見張り役であって、世話は役目に含まれていないのかもしれない。

「雨妹、これも……？」

一方で静が、自分が食べようと取り分けていた色違いの小さな包の皿を、雨妹へそっと差し出してくる。食べ物を欲しがっているということは理解できたものの、自分で皇子へ持っていくのは怖くて嫌らしい。

「どうぞ」

色違い包の皿を置き、花茶を入れた器をそっと差し出したところで、皇子の供の宦官が料理や花茶に一口ずつ口をつける。一応毒見をする気はあったようだ。その後で皇子は花茶で喉《のど》を潤し、一口食べられた豆沙包にかぶりつく。

「うむ、美味《うま》い。こういうものが食べたかった」

そして満足そうに頷《うなず》く皇子に、雨妹はなんとも言えずに静と顔を見合わせるばかりだ。


こうして食事を始めてしまった皇子だが。

——この人って、いつまでここにいるのかなぁ？

満足したならばサッサとどこかへ行ってほしいと、雨妹は思ってしまう。なにせこの皇子が去ってくれなければ、雨妹たちが食事にありつけないのだ。なので正直邪魔だなと思いつつ、静と一緒に顔を伏せ気味にして隅に控えていた雨妹である。

けれど皇子は自分でも気になる料理を勝手に皿に取り分け出してしまい、なかなか「じゃあさようなら」という展開にならない。

「お茶をもう一杯欲しいところだ」

さらにはこのようにお茶のお代わりを要求してくる始末。雨妹はこれまた断るわけにもいかないので、花茶を淹れることとなってしまう。

――腰を落ち着けると長くなる質《たち》か、この人は⁉

お茶を淹れながら、雨妹はイライラしてきた。

前世でもたまにいたのだ、ちょっと世間話という体で相手を捕まえ長々と付き合わせ、結果かなりの時間を消費させるという人が。そういう人のことを「お尻《しり》に根が生えている」なんて言ったものだ。そしてこの皇子は、まさに太い根っこが生えてしまっていると見える。

料理を寸前でお預けされた状態で、他人の食事の世話をすることとなった雨妹は、だんだんとげんなりした気持ちが表情に出かかってきた。それに自分で気付いてサッと表情を引き締めるのを、数回繰り返していたところで。

「ふむ、そなた」

雨妹に差し出されたお代わりの花茶を皇子は受け取りながら、こちらの顔を覗《のぞ》き込むようにしてきた。急に距離を詰められ、雨妹は思わず一歩下がる。

皇子は逃げた雨妹を「無礼だ」と言うでもなく、何事か思案するように首を捻っている。

「そなたは、名を雨妹というのか？」

そしてこのように皇子に尋ねられたが、恐らくは先程の静とのやり取りが聞こえていたのだろう。しかし、下っ端宮女の名前がなんだというのか？　それに雨妹は、皇子に名が知れることへあまりいい予想ができない。だがここで無駄に否定して嘘《うそ》をついても、後々面倒になるかもしれない。

「そうです」

仕方なく肯定した雨妹に、皇子が口の端をくっと上げた。

「なるほど。では利民《リミン》の話にあった『後宮にいる青っぽい髪の変わった娘』というのは、そなたか」

これを聞いて雨妹は目を丸くする。

「利民様をご存知《ぞんじ》なのですか⁉」

まさかこの皇子からその名前を聞かされるとは思わず、驚く雨妹を見て、皇子が楽しそうな顔になって語るには。

「我が揚州《ヨウ》は陸路の通商の要の地、故に通商の関係で海路の佳《カイ》とも付き合いがある」

なるほど、この皇子は揚州の出らしい。生憎《あいにく》と揚州という土地には詳しくないし知り合いもいない雨妹だが、通商の要の地という響きは非常に心地よく聞こえた。

――きっと異国の珍しいものがたくさんあるんだよね、食べ物とか！

雨妹はこれまでのイライラから一転して、うっとりした表情になった。

皇子の方も、雨妹に笑顔で告げる。

「あの男、強いし気風《きっぷ》がいいのだが、どうにも不器用なところもあるだろう？　前に話をした際に、結婚生活があまり上手《うま》くいっていない様子であったので、少々心配しておったのだ」

それが先日会った時には、まるで人が違ったかのように機嫌が良くて、皇子はものすごく驚いたのだそうだ。

――やっぱり周囲には駄々洩《だだも》れだったのか、利民様の女性への奥手ぶりって。

これに雨妹は「やはり」という感想しかない。


人とはあまりいい気がしない相手であれ、共通の友好的な知り合いがいるとわかると、とたんにイライラした気持ちが若干和らぐこともあるのが不思議である。

雨妹はお腹が空いて殺気立っていた気持ちが、「お腹が空いて切ないな」くらいにまで落ち着いていた。

皇子の方は、さらに寛《くつろ》いだ様子で卓に肘《ひじ》をついて話をしてくる。

「そなたは、ずいぶんと牡蠣《かき》を気に入っていたと聞く。よくあの不気味なものを食せたものよ」

雨妹が大好きな牡蠣を不気味と評されるのは悲しい。

「いつか皆が思い知ることでしょう、美味しさは見た目を越えるのですよ！」

鼻息荒く告げた雨妹としては、「不気味」ではなく「独特の見た目」と言ってもらいたいものだ。けれどこの意見に、皇子が「そうか？」と首を捻《ひね》る。どうやら雨妹に同意しかねるらしい。

「だが、ならばそなたにはいつか、ぜひ我が揚州の名物も食して欲しいものよ。蛇肉料理を食べたことがあるか？　あれは食べると病みつきになるぞ」

「蛇肉ですかぁ」

生憎と雨妹は前世でも、蛇肉は食べたことがない。珍しい肉だと、せいぜい蛙《かえる》肉くらいであろう。

「豪猪《ハオヂユ》を焼いたものも、我は好きだ」

さらに述べる皇子だが、豪猪とはつまりヤマアラシのことである。あのようなものまで食べるとは、まるで揚州とは前世で言うところの、四本足の動物はなんでも食べるという広東《カントン》人のようだ。

このように雨妹と皇子の会話が盛り上がっていると、傍らから横腹をツンツンと突《つつ》かれた。

「ねえ、この人って知っている人だったの？」

静がどういうことになったのか謎が深まったという顔で、小声で雨妹に尋ねてくる。しかし問われてみれば、説明するのは少々難しいかもしれない。

「いや、知らない人なんだけど、知り合いの知り合いだったみたい」

雨妹の方も小声で説明すると、静がしばらくウンウンと考える。

「知り合いの、知り合い……つまり他人？」

そしてやがてそう結論付けた。確かに間違ってない、雨妹とこの皇子ははっきりきっぱり他人である。

「ふむ、なかなか真実を突く娘よの」

雨妹たちの会話が聞こえていたらしい皇子は、静の意見に機嫌を悪くするかと思いきや、そう言ってクスクスと笑う。

「そういえば、名乗っておらなんだか。我は沈天元《シエン・ティエンユエン》、一応は皇帝陛下の弟になるな」

皇子から下手に名乗られてしまったことに、雨妹は内心で「うげっ」と呻《うめ》くが、顔には出さずに微笑《ほほえ》む。

「私共は名乗る程の身ではございませんのに、ご丁寧にありがとうございます」

雨妹は沈にそう言って、静《ジン》と並んで礼の姿勢をとる。雨妹の名はもう知っていたのだし、こう言えばここで静を名乗らせずに済む。それにこれでこの皇子が皇帝の兄弟の方だと知れたが、「一応は」という気になる一言について、雨妹は聞き流す方向で行きたい。

「そういえば、そなたたちは料理を食したのか？　まだであれば、我に遠慮することはない。食せる時に食しておくのは大事ゆえな」

そして、皇子はようやく雨妹と静がこの場にいる目的に思い至ったらしく、食事の許可を出してきた。

「「ありがとうございます！」」

雨妹は静と声を揃《そろ》えて礼を告げると、二人で顔を見合わせ、やっと食事にありつけるとホッとしていると。

「おい、そこの宮女」

またもや、知らない誰か男の声がこの場に響いてきた。

なんと、二度までも食事の邪魔が入ろうとは。

――今度はなんだ⁉

雨妹は表情を取り繕えずに思わず声の方をギロリと睨《にら》むと、視線の先に新たに現れたのは、見知らぬ宦官《かんがん》であった。

「そこの宮女、一緒に来い」

宦官は雨妹の方が自身に従うことが当然であるような態度で、事情や理由などは一切口にせず、ただ顎《あご》先を振って促してきた。さらにはこの場には明らかに皇族とわかる人物がいるのに、そちらに対して礼を尽くそうともしない。

――嫌な感じの人だな。

皇族相手に平然と無礼をしてのけるなんて、雨妹としては関わりたくない部類の相手である。しかし沈はこのように自身を軽んじられたというのに、あからさまに嫌な顔をせず、あちらへやわらかく声をかけた。

「この者たちとは、私が先に話をしていたのだ。割って入るとはそなた、いささか礼を失しているのではないのかな？」

沈の指摘に、しかし宦官は口の端を上げる。この皇族相手とは思えぬ不遜《ふそん》さに、雨妹は眉間《みけん》に皺《しわ》を寄せる。

「わたくしは皇太后陛下の意により動いているのです。この百花宮で、あのお方のお言葉こそ至上であり、これより重いものなどございませぬな」

そしてこの発言である。

なるほど、この人は皇太后の看板を掲げて動くと周囲が自分を避けていく様子を、「自分自身を恐れて避けているのだ」と勘違いする輩《やから》なのだろう。得てしてこういう人が色々な所で、事態をややこしい方へと誘導するのだ。

沈はこの宦官の意見に、困ったように微笑んで見せた。

「ほぅ、この百花宮の主《あるじ》は皇帝陛下であるぞ。客人が多くいる今日という日に、そのような個人的な考え方を大声で喚《わめ》くとは、なんという皇太后陛下の品位を下げる行い。そなたのような勝手者がいるとなれば、皇太后陛下もさぞかし迷惑なことであろうな、お気の毒に」

「なっ……⁉」

沈がこのように述べて「ほぅ」とため息を吐《つ》くのに、宦官が怒りで顔を真っ赤にしている。

――まあこの場合、沈殿下の意見が正しいよね。

百花宮内のそれぞれの陣営の意見や矜持《きょうじ》はともかくとして。関係者だけの集まりの中で「百花宮の実質の支配者は私だ！」と自慢するのと、客人が多くいる中で「皇帝ではなく私を上に見るように」と主張するのとでは、全く意味合いが違うだろう。皇太后陛下や皇后陛下とて、公式な場では「皇帝陛下こそ国で最も尊い人である」という公式見解の立場を崩さないだろうし、それが品ある行いというものだ。

この正論に、この宦官は頭に血を上らせたらしい。

「おまけの皇子め！　きさま、誰のお情けで今の立場にいると思っておるか！」

唾《つば》を飛ばさんばかりの勢いで怒鳴りつけるのは、どこからどう見ても負け犬の遠吠《とおぼ》えに思える。

しかし言っていることは実に不穏だ。

「お情けとはなにを指しているのか、我は乞《こ》われて今の立場にいると認識しているが？」

沈はそんな宦官の勢いには付き合わず、そう述べて小さく欠伸《あくび》すらしてみせた。どうみても沈の方が格が上である。

それにしても、沈の身の上とは無関係である雨妹には、面倒なことこの上ない。この場で子どもの喧嘩《けんか》のような真似をしないでほしい。そして、この宦官がなにを狙ってわざわざここまでやって来たのか、それも気になる。暇な宮女など、今日はただ楽しそうに笑っているだけがお仕事の人たちが、そこいらにずらりと揃っているであろうに。

――厄介事の気配からは、逃げるに限る！

というわけで。

「あの、生憎と私どもは仕事があるので、もう戻らねばならないと思っていたところでして」

「それはいかんな、宮女の仕事を邪魔したとあっては、我も監督者から注意を受ける。さあ、行きなさい」

雨妹が申し訳なさそうな顔で告げるのに、沈がそう促してくる。この隙を逃すまいと、雨妹は静と一緒にこの場を離れた。

――あぁ、さよならご飯たちよ！

ただし、心の中では泣いていた雨妹なのだった。

＊＊＊

雨妹がこのような面倒に巻き込まれていた頃、こちら太子宮にて。

「これは殿下、ようこそ我が宮へ」

徳妃宮の様子を見ようと訪れた明賢《メイシエン》を、徳妃美蘭《メイラン》が出迎えた。

前回の花の宴での美蘭は、当時いた女官たちにほとんどのことを任せ、自身は宮の奥に引っ込んで挨拶《あいさつ》を交わすこともなかった。けれど今年はこうしてちゃんと表に出て、自ら客人を出迎えている。それが美蘭の歩み寄りに思えて、明賢も嬉《うれ》しく思えた。

徳妃宮は他に比べて人員が少なく、華やかで豪華に客人を持て成すというわけにはいかない。けれどだからといって、閑散として寂しいわけではない。

池を望む庭園に客人を通しているのだが、卓が離れて点在して設置されており、それぞれでのんびりと寛ぐ客人の姿が見受けられる。中には、「あれは寝ているのでは？」と思える者すらいる。

明賢がそちらを眺めていることに気付いたのだろう、美蘭が微笑みと共に教えてくれた。

「どうやら、ここは人が多くないので、心休めることができるようです」

確かに、人に会うことを目的とした花の宴であるが、ずっと人と会話や交渉ばかりしているのも疲れるものだ。それで言うと、ここはちょっとした隠れ家のような雰囲気がある。いや、もしかして全《チュエン》あたりがそれを狙ったのかもしれない。これまでの美蘭の行いから想像するに、大勢に囲まれたい人ではないことから、そんな主を慮《おもんぱか》ったのだろう。

「どうぞ、殿下もおくつろぎくださいませ」

美蘭が明賢に席を勧めたのは、池が正面に見える卓だった。お付きを少々離れさせてから明賢が座ると、ちょうど池から鯉《こい》が大きく跳ねたが、なかなかに大きい個体である。そして池のほとりにある釣竿《つりざお》が、どうしても飾りに見えない。

このように落ち着いた様子の庭園に皇族の姿がちらほらいるのは、黄《ホアン》家と近付きたいという思惑があるものの、かといって黄才《ホアン・ツァイ》の宮は近寄りがたい者たちかもしれない。才に比べればこちらの美蘭の方が、まだ当たりは穏やかだ。

──あちらは、女官や宮女から威圧されるからね。

その威圧に耐えられる者でなければ、才とは話もできないだろう。明賢は内心で苦笑していると、そこへちょうど全によって酒が運ばれてきた。

明賢は正直、酒はこれまで十分に飲んでいるのだが、あちらこちらの挨拶で酒を飲まないわけにはいかない。故にため息を飲み込みつつ杯を手に取ったのだが、目の前の杯からの爽《さわ》やかな香りに、口をつける前から刺激された。飲むのは一口ずつにしているとはいえ、繰り返せば酒の味もわからなくなってくるものだ。それ故、鼻の奥まで酒の匂いが染みついている気がしていたのに、気分がスゥッとしてくるのがわかる。

「……これは、檸檬《レモン》か？」

目を見張る明賢に、美蘭が嬉しそうに微笑む。

「ふふ、こちらの檸檬酒は口が変わるでしょう？　殿下もお酒は飲み飽きようかと思いましたの」

美蘭の話を聞いて、明賢は改めて酒に口をつける。

「うん、檸檬の香りがいい」

香りを楽しむ酒とは、考えたものだ。果実酒や花の香りを付けた酒というものはあるが、明賢はそうした酒にあまり興味を示していなかった。しかし、こういう飲み方があるのかと目が覚める思いである。

「酒休めのための酒か、なるほど」

明賢の反応が良かったので、美蘭も気を良くしたようだ。

「他にも、全と色々と試しましたの。お酒とお茶を合わせても、味も香りも良いのです」

「ほう？」

美蘭がそう告げると、全が目の前でお茶を淹れ、それを酒と合わせていく。花茶に酒を合わせたものだが、花の香りを付けた酒よりも、酒の香りが上品に香る。

「うん、美味い」

明賢が思わず呟《つぶや》くと、全が礼の姿勢を取る。

「酒の飲み方に、まだまだ工夫の余地があったとは驚きだ。楽しませてもらったよ」

明賢の心からの賞賛に、美蘭が目を細めた。

「他にも、色々お酒の味と香りを試しましたの」

「それはぜひ、味わいたいね。けれどここで酒を飲みすぎるわけにはいかないし、次の楽しみにするよ」

明賢の言葉に、美蘭は珍しくきょとんとした顔になってから、微《かす》かに頬を染めて笑みを浮かべた。

そういえば、明賢の方から美蘭と次を約束したことはないかもしれない。約束などせずとも顔を合わせることはある種の義務であるので、約束の必要などないからだ。

「ええ、ではその時は、飲み比べを揃えてご用意します」

「ふふ、それは大いに期待しよう」

そう言って、明賢と美蘭は言葉と共に笑みを交わす。

この花の宴まで気が重いことが多かった明賢だが、美蘭のおかげでその気の重さが多少軽くなったように思う。

けれどここへあまり長居するわけにもいかないので、そろそろ退出しようかという頃合いである。明賢が挨拶を述べて、去ろうとした時。

「明賢様」

美蘭が名を呼んで呼び止めたかと思ったら、その目に鋭い物を宿して見つめてきた。

「お気を付けくださいませ。なにやら海が荒れる前のような、妙な風を感じます」

美蘭は歳若《とし》いとはいえ、強者揃いである黄家の者の言葉だ。明賢にはこの忠告が妙に耳に残る。

「わかった、十分に気を付けよう」

明賢も神妙な表情で頷《うなず》き、今度こそ美蘭と別れるのだった。

＊＊＊

雨妹と静は、沈《シエン》やあの宦官がいる場から離れて、皿洗い場へと戻っているところであった。

「はぁ、ご飯を食べそこねたぁ」

静《ジン》がしょんぼりとした様子で、そう漏らす。雨妹とて気持ちは同じ、いやそれ以上に口惜しい。内心では血の涙を流さんばかりに、あのお邪魔宦官が憎たらしいが、ここは先輩らしく余裕を見せたいところだ。

「運がなかったね。この悔しさは花の宴が終わって食べるお料理にぶつけようか」

雨妹はすました顔でそう言いながら、静を慰める。

この時間は、結果的に休憩どころか、ただ疲れただけのようなものだ。けれど沈という皇子と出会えたことは、最初迷惑だったが幸いだったように思える。雨妹にとって揚州《ヨウ》とは地図上の名前でしかなかったものが、これで人が住む場所という認識になったのだから。

沈が述べた蛇やら豪猪《ハオヂュ》以外にも、きっと庶民にとっての名物料理だってあるに違いない。

――誰か、揚州の出の人がいたかなぁ？

情報を集めてみたくなった雨妹が、顔を知る宮女たちの出身を考えながら歩いていると。

ガタガタッ！

頭上でふいに物音がした。

「……なに？」

大きな猫が屋根の上を駆けたかのような音に、雨妹は周囲に建っている建物の屋根の上を見上げる。

今日はどこでもご馳走《ちそう》がたんまり並んでいるので、それにつられて野良猫もご馳走になんとかありつこうと、活発に動いているのかもしれない。そんな風に、のん気な想像をしている雨妹だったが。

ガタタン！

また物音がして、今度はなにかが屋根から落ちてきた。

「……！」

その落ちてきたものを、雨妹はギョッとして見つめる。大きさは野良猫ではなく、その数倍では足りないくらいに大きい。というか、落ちてきたのは人である。

「なに、なに⁉」

突然のことに怖がる静を雨妹は背後に庇《かば》いながら、落ちてきた人を観察する。

動きやすい格好に頭巾《ずきん》で顔をすっぽり覆った姿で、これはもしや後宮でも幾度か見かけたことがある、あの護衛の人ではないだろうか？　黒ずくめではないのは、今が日中で逆に目立つからかもしれない。そして怪我《けが》をしているのか、服に血が滲《にじ》んでいる。怪我人となると、「手当をしなければ」と咄嗟《とっさ》に考えてしまうが、雨妹はそんな己に待ったをかけた。

――いやいや、敵の侵入者っていうこともあるから。

東国に気をつけろと、雨妹はなにかにつけて忠告を受けていたので、さすがに覚えていた。そして雨妹はこういう格好の人の中身が、敵か味方かの判断をつける手段を、今の所持ち合わせていない。

しかし、この落ちてきた人はどうやら味方だったようだ。

「逃げなせぇ、ゲホッ、走るんだ……！」

落ちてきた人が、雨妹を見て声を振り絞ってきたではないか。この人がこう言うからには、なにかある。雨妹は静の手を掴《つか》むと、即座にその場から駆け出す。

「ねえ、なにっ⁉」

「わかんない！」

怯《おび》えて混乱する静に、雨妹も正直に返す。

「けど危ないっぽいし、人がいるところまで逃げるよ！　なにも考えずに走る！」

「……うん、わかった！」

雨妹にやるべきことを告げられ、引っ張られるままであった静も、ちゃんと自分で走ってくれるようになる。

――ここから一番近い、人がわんさかいる場所、どこ⁉

雨妹は頭の中の地図で必死に検索していたが、敵は雨妹たちをこのまま逃がす気はないらしい。

ヒュン！

風を切る音がしたかと思ったら、雨妹の足に細い縄が絡みつく。

「うぎゃ！」

これに雨妹は体勢を保てず、地面に転がってしまう。

「雨妹！」

静が雨妹を立たせようと、足に絡んだ縄を解こうとする。

バサァッ！

そこへ畳みかけるように、網が放たれたのが見えた。

――いけない！

ドンッ！

雨妹はとっさに、静を突き飛ばして己から離す。その時静の腕に引っ掛かったらしく、雨妹の髪から簪《かんざし》が抜けた。その直後、雨妹は襲い掛かった網に捕らわれるが、静はかろうじて網の外だ。

「雨妹……」

地面にへたり込んで泣きそうな顔の静に、雨妹は叫ぶ。

「一人で逃げなさい！　先輩命令よ！」

雨妹が響かせた大声に、静はビクッと背筋を伸ばすと、その手に当たった雨妹の簪を反射的に掴み、立ち上がって再び駆け出した。


雨妹が一人駆けていく静の後姿を網の中から見送っていると、人の足音が聞こえてきた。

「一人外したか」

「まあこちらの娘だけでも、どうにかなるだろう」

聞こえてきた会話に、雨妹は網の中から顔を上げ、声の方を見る。するとそこには、あの護衛の人同様に顔を隠した姿の者と、宦官《かんがん》がいた。その宦官には、雨妹は見覚えがある。というか、先程見たばかりではないか。

――この人、さっきの宦官じゃんか！

沈との会話に割り込んできて、雨妹の食事を邪魔した憎き敵である。俄然《がぜん》雨妹の闘志が増して、ジロリとそちらを睨《にら》みつける。

「どういうつもり!?　百花宮で騒ぎを起こすなんて、皇帝陛下に対する反逆なんだから！」

怒りの叫びを上げながら網の中で暴れる雨妹に、宦官が冷たい目を向けてくる。

「それがどうした、そんなことはどうとでもなるわ」

そう言って宦官はニタリと嫌な笑みを浮かべる。

「ちょうどいい、この娘がいい加減目障りだったのだ。よくも私が仕込んだ事をことごとく潰《つぶ》してくれたな。おかげで『あちら』は非常にお怒りなのだぞ！」

「なによ、知らないってばそんなことは！」

雨妹は噛《か》みつくように叫び返しながら、頭の中は冷静になろうと努める。

「あちら」というのは、最近の情勢を考えても、恐らくは東国のことだろう。そして「ことごとく」というのだから、この宦官の東国に関与しての手出しが複数回あったということである。そのいくつかを、雨妹が邪魔したらしい。思い当たるような、ないような気がするというか、「どれの事を言われているのか？」というのが正直なところだ。

けれど、この宦官の初《しょ》っ端《ぱな》の態度からして、皇太后のお付きであることは想像できる。それがどれだけ近しい立場なのかはおいておくとしても、皇太后の名前を出して東国の手助けをしてきたことは間違いないだろう。

――裏切り者を身近に置いていたとか、皇太后陛下って人を見る目がないんじゃないの⁉

この花の宴のどこかにいるであろう皇太后に、文句を言いたくなっていると、雨妹が絡まっている網をグイッと引かれた。

「うぎゃっ！」

網ごと引きずられた雨妹が悲鳴を上げるのに、宦官が「うるさい！」と蹴飛《けと》ばしてくる。しかし宦官は足腰の力が弱いらしく、大した痛みはない。

「早《はよ》ぅ、この娘を連れて行け！」

「あと一人が気になるが……まあいい」

宦官の剣幕に、もう一人は妥協したように頷くと、網をさらにグイグイと引かれていく。

「ちょっと、乱暴しないでよ！　っていうか放しなさいよね！」

雨妹は出来る限りの抵抗を試みるが、網ごと縄でぐるぐる巻きにされ、麻袋に放り込まれてしまう。

「放せ～！」

けれど口は塞《ふさ》がれていないので、精一杯騒いでやった。

この宦官たちは雨妹との口論で、静を逃がしたことは諦《あきら》めたらしい。ひょっとして他にも雨妹たちを捕まえようとしている者がいるかもしれないが、追手が一人外れたことは確かだ。

――よし、これでいい。

雨妹は袋の中で一人満足する。

このような罠《わな》がなんのために仕掛けられたのかわからないが、最悪なのは、雨妹と静が二人して捕まってしまうことだ。静だけでもここから逃がせば、誰かに助けを求めようとするだろう。それに、きっと先程の護衛の人の仲間が、なにかしらの異変を察知するはずだし、そうなると助けはきっと来る。今の雨妹がやることは、それまで時間を稼ぐことだ。

けれど懸念するべきは、助けを求めようにも、静には頼るべき人がまだまだ少ないということだろう。雨妹を介して知り合った宮女たちも、静の話をどこまで聞いてくれるものか？　普段なら親身になってくれても、なにしろ今は花の宴の最中だ。

それでも、静になんとかしてもらうしかない。

——がんばって、静静《ジンジン》！

雨妹は袋詰め状態ながら静を応援しつつ、誰かに気付いてもらえないかと精一杯騒ぐ。

「こんなことをしていいと思ってるの⁉　あと、こっちはお腹が空いているんだぁ～！」

雨妹を攫《さら》った者たちは、速やかに移動する方を優先して口を塞がずにいたのだが、いつまでも雨妹が黙らないため、仕方なく一旦《いったん》袋を降ろして雨妹を引っ張り出し、改めて口を布で塞いでからまた袋に詰める。

——くそぉ、こんなことなら誰が前にいたって、あの時饅頭《まんじゅう》でも食べていればよかった！

そうすれば雨妹とて大人しく袋詰めされることなく、もうちょっと暴れることができただろうが、生憎ハラヘリで力がいつもの半分しか出ないのだった。

第四章　暗躍する者、躱《かわ》す者

花の宴で雨妹《ユイメイ》が連れ去られてしまうよりも、少々時を戻し。

宮城の片隅のとある兵舎で、ダジャルファードは黙って本を読んでいた。暇だけは大いにあったので、文字の読み書きもだいぶできるようになってきた。そういえば元々、こうした言葉を読み解くことは苦痛ではなかったと、ダジャルファードは鞭《むち》で痛めつけられた把《ハ》国での日々を思い出す。

今日は百花宮《ひゃっかきゅう》という皇帝の住まう宮の方で、大きな宴《うたげ》があるという。だからこちらには誰も訪ねて来ないと言われていた。となると、一日この部屋から出られないということになり、外で気晴しの鍛錬もできないだろう。

――さて、この本を読み終えたならば、なにをしようか？

ダジャルファードがそのように考えた時。

ガタン！

ダジャルファードの部屋の戸の向こうで、物音がした。

「……なんだ？」

戸の前には護衛というか見張りがいるのだが、それにしても今の音はなんだろうか？

「どうかしたのか？」

戸越しに外の見張りに声をかけてみると、その戸がガラリと開く。

『お前は⁉』

そして戸の向こうに見えた存在に、驚愕《きょうがく》の表情になったダジャルファードは、思わず把国語が出てしまう。

今目の前にいるのは、見張りではなかった。それどころか、崔《サイ》国の者ですらない。

『ああ、やっとお会いできた、我が君よ』

うっとりとした表情を浮かべてダジャルファードに近付いてくるのは、短い黒髪に浅黒い肌の男――把国人だった。見知った相手どころではなく、かつてダジャルファードが指揮していた軍で副官にあった男。それはすなわち、ダジャルファードを罠にかけた張本人でもある、ネファルだった。

『我が君』

以前は聞き慣れていたはずのこの言葉だが、今は何故《なぜ》か背筋がゾッとしてしまう。だがよく見れば、ネファルはダジャルファードが知っている姿ではない。ダジャルファードが知っているこの男には両目があったが、目の前にいるネファルは片方の目を失っていた。

『ネファル、答えよ。何故お前がここにいる？』

ダジャルファードが詰問する口調になると、何故かネファルは嬉《うれ》しそうに笑みを浮かべる。

『我が君、あなたに会いに来たに決まっているではないですか』

ネファルの言葉を、ダジャルファードは咄嗟《とっさ》に呑《の》み込めなかった。

『なにを……なにをぬけぬけと言うか！　お前が裏切ったのだぞ⁉』

ダジャルファードはそう怒鳴りつける。

己の至らなさが戦乱を回避し損ねさせたことを、ようやく自覚し始めたダジャルファードであるが、それとこのネファルの裏切りとは話が別だ。ダジャルファードが捕らえられた後の仲間たちは、一体どうなったのか？　無事であるなどという楽観的な考えは、ダジャルファードにも浮かばない。

このダジャルファードの糾弾は、しかしネファルには響いていないようで、笑みを浮かべたままだ。

『仕方ないではないですか、俺はあなたが欲しかった』

そう述べたネファルの片方の目が、ギラリと欲のようなものを宿したように見えた。

さらに、ネファルが熱を帯びた声で語る。

『あなたをくれると言ったから、話に乗ったのに。他国へ売り飛ばすなど、話が違う！　それでも我が君と再びお会いしたくて、東国の奴《やつ》らに紛れて長い間あなたを探しました。そして、やっと見つけた！』

『……意味が分からぬ』

ダジャルファードはネファルが言っている言葉が、全く頭に入ってこない。

己は言葉のわからぬ愚か者になってしまったのか？　いやこれは、これまでに崔国語で言葉が通じないというものとは違うように思う。まるで理解不能な怪物と会話をしているような、そんな気分にさせられるのだ。

——こいつは、本当にネファルなのか？

いや、ダジャルファードとて長年副官として共にあったネファルを見間違えたりはしない。となると己は長年なにと、時を共にしていたというのか？　そう考えると、ダジャルファードは身体《からだ》の芯《しん》が急激に冷える思いであった。

この者は一体なんなのか？　その疑問を妙に渇いた喉《のど》から絞り出すことができない。

『ああ、そうだ』

そんなダジャルファードに、ネファルが思い出したかのように手を打つ。

『手土産があるのです』

ネファルが軽く放り出したのは、二人分の人の頭だった。一つは東国人のもの、もう一つは崔国の知らない誰かだ。

『あなたの存在を巧妙に隠されていて、東国の連中も見付けられていなかった。コイツらを、あなたを探すのに利用させてもらいました』

ネファルは「なんということもない」といった態度で話すが、利用した末がこの頭だけになった姿なのか。

――そうだ、ネファルはこういう面があった。

敵味方を独自の基準で見分け、首を狙ってとどめを刺すことを好むことから、敵味方双方から『首切りの悪魔』と異名がついた男、それがネファルだ。味方であるはずの人間の首を切り、騒動になったのを収めるのに苦労したことが幾度かある。それでも有能でありダジャルファードには忠実であるので、その能力を捨てるには惜しいことからダジャルファードに預けられていた。

そしてだからこそ、このネファルがダジャルファードを裏切るだなんて、思いもしなかったのだ。

ネファルはさらに語る。

『けれど、あなたを犯したいなどと身の程知らずなことを話していたので、害悪は消さなければ。美しいあなたには不釣り合いな、醜悪な者どもです』

東国に通じている者がダジャルファードの身近に潜んでいたことを、このネファルから知らされた形になったが、到底感謝する気になどなれない。

『ダジャルファード殿下、美しい王子。あなたが最も輝くのは戦場だ、血にまみれたあなたは最高に美しい。決して王宮などに居るべき方ではない。けれどあのままでは、あなたは将来王宮に押し込められ、その美しさは損なわれてしまったはず。私はそんなあなたを、お救いしたかった』

ネファルの言っていることの意味が、ダジャルファードには本当にわからない。

次期国王であったダジャルファードが、将来王宮に据えられることになるのは、当然ではないか？　王とは玉座にいるものなのだから。一時期色々なことが煩わしく、戦いの中に逃げていた自覚はあるが、それでもいずれは王宮に納まる覚悟はあった。

その覚悟を、ネファルは勝手な理論で捨てさせようとしている。

『私の居場所を決めるのは私だ、お前が勝手に語るのは許さぬ！』

『ええ、ええ、わかっておりますとも。きっとあなたはいずれ相応《ふさわ》しい場所に帰るのでしょう』

ダジャルファードの怒りに、しかしネファルは少しもわかっていない顔でそんなことを言う。

話が通じなさすぎて、実に気味が悪い。己はこんな男を副官として信頼していたのか？

『アンタは赤ん坊かなにかなの？』

脳裏に響く、宇《ユウ》のあの率直な言い方を懐かしく思う。あの子どもは少なくとも、ダジャルファードになにかの理想を押し付けることを決してしなかった。

そうだ、かつての己に足りなかったのは、ああした率直な物言いだったのだろう。ダジャルファードの周囲の者にとって、軍の仲間たちにとっても、ダジャルファードはいつだって王子であり、王子ではないダジャルファードを探そうとする者はいなかった。無知を披露することは許されず、いつだって「皆が期待する王子」を演じていたように思う。そのことに今になって気付こうとは、人生はなんとままならないことだろう。

かつての己を振り返り、悔やむダジャルファードの内心など、少しも気にする風ではないネファルが告げる。

『さあ、行きましょう。この国は荒れます、我らが故国のようにね。しかしご安心を。あなたが居られる戦場は、どこにだってあることでしょう』

そのような事を聞かされて、何故ダジャルファードはここから離れることができようか？　ダジャルファードはそこまで愚か者になり果ててはいないつもりだ。

『私の、我らの愚かさが国を滅ぼした。そして東国は把国を落としたことで味をしめ、この国で同じことを繰り返そうとしている。これもまた我らの罪であり、罪を繰り返してはならぬ！』

そうだ、東国に「この手は通じる」と実感させてしまったのは、ダジャルファードたち把国の上層部である。その失敗の後始末を行わなければならない。このダジャルファードの決意は、しかしネファルには届かない。

『国がなんだというのです？　所詮《しょせん》、そこにたまたま生まれ落ちただけの場所ではありませんか』

なるほど、これがネファルの本音なのか。道理で味方からも恨まれていたはずである。この男にとって国とは、そこに住まう民とは、己が寄り添う存在ではなかったのだ。

そんなネファルに、ダジャルファードは無駄かもしれないが反論する。

『お前にはそうだったかもしれぬが、私は王子だ！　故に国を守る責務があった！』

口惜しくも結果が伴わなかったとはいえ、ダジャルファードは責務を果たそうという気持ちはあった。それを果たす前に邪魔をしたのが、このネファルではないか。

このダジャルファードの怒りにネファルは目を見張った後で、憐《あわ》れむような顔になる。

『おかわいそうに、そのような細事に惑わされるとは。あなたは純粋で真《ま》っ直《す》ぐなお方、さようなことを考えず、自由であればよいものを』

ネファルの言葉はダジャルファードを思いやっているようで、自身の都合の良い理想を押し付けてきているに過ぎない。

『どこまでも綺麗《きれい》な言葉で誤魔化すか、ネファル！　目の前の現実を見ようともしない王子など、さぞ滑稽《こっけい》であったことだろうな？』

ダジャルファードの怒りが激しくなる様子に、ネファルが悲しそうに俯《うつむ》く。

『ああ、私の、私だけのダジャルファード様でいてくだされればよいのに』

『勝手を言うな！』

言葉での説得は不可能と悟ったダジャルファードは、ネファルに掴《つか》みかかる。

ネファルはこの宮城に侵入してきた賊であり、そこで世話になっている身としては、当然捕らえて突き出すべきであろう。しかし生憎《あいにく》と今のダジャルファードは、武器を持つことを許されていない。完全に信用していない客に武器を持たせないのは、当然の用心だろうというのは、ダジャルファードにも理解できる。だが今は、それが彼を窮地に追いやる理由となっていた。このネファルは副官として重用していただけあり腕が立ち、さすがにダジャルファードとて丸腰で戦いたい相手ではない。

その上、ダジャルファードが滞在しているのは他から隠された場所であるという。ネファルの存在が他に伝わるのが、果たしていつになるかわからず、助けはすぐには来ないだろう。

――けれど、やらねばならぬ。

それが、ダジャルファードがこの国に対して見せることができる誠意だ。

『ネファル、お前を捕えて皇帝陛下へ突き出す！』

捕えようと動くダジャルファードを、ネファルはヒラリと避けつつ短剣を手にする。だがダジャルファードとて、刃物を持つ相手に素手で挑む訓練は受けている。短剣を避《よ》けつつ身体をしならせ、ネファルの腕を取って床にたたきつけようとするダジャルファードであったが、それをネファルは上手《うま》く身体を捻《ひね》って回避する。

『さすが我が君、丸腰であっても油断できない。けれどおいたが過ぎると、私も折檻《せっかん》をしたくなりますよ？』

『ぬかせ！』

余裕の笑みを浮かべるネファルに、ダジャルファードは吠《ほ》える。

だが二人は膠着 状態《こうちゃくじょうたい》となってしまい、ダジャルファードはなかなかネファルを捕えることができない。

――刃物は持てずとも、せめて棒の一本でも置いておくべきであったか。

今になって悔やむダジャルファードだが、ここでダジャルファードを見張る兵士に交じって日々鍛錬をしていたことが良かったらしく、ネファルに後れを取ることはない。これが以前であれば、きっとあっさりと負かされていたことだろう。やはり努力とは、いつか己の身に返ってくるものなのか。

と、その時。

『……！』

ふいにネファルが大きく飛びのいた所へ、剣が一閃《いっせん》する。

「騒がしいぞ」

「明《ミン》！」

これだけ暴れたことで異常が伝わったのだろう、そこには抜き身の剣を構えた明が立っていた。

「騒々しい賊め、それ程しゃべりたくば、牢《ろう》の中で好きなだけしゃべるがいい」

『時間をかけすぎたか』

膠着状態であった所へ明が加わったことで、ネファルの余裕を取り繕っていた表情が崩れる。

『ネファルよ、罪を償ってもらうぞ！』

明に後ろを取られ、逃げ道を塞《ふさ》がれた形になったネファルに、ダジャルファードが迫る。

が、しかし――

ボフゥッ！

ネファルが片手を奇妙に動かしたと思えば、室内に焦げた臭いと煙が充満した。

――これは、火薬⁉

ダジャルファードは咄嗟《とっさ》に息を止めたものの、それでも煙をいくらか吸ってしまい、目や喉が痛む。

火薬を使う戦い方は、東国が得意とするものだ。ネファルは本当に東国へ寝返っていたのかと、ダジャルファードは唇を噛《か》み締《し》める。

『ダジャルファード様、必ずこの手に……！』

ネファルの声が響き、煙がいくらか晴れた頃にはその姿は見えなくなっていた。あと一歩のところで、ネファルを取り逃したのだ。捕えられなかったことが口惜しいものの、今は助かったことを喜ぼうと、ダジャルファードは息を大きく吐く。

「助かった、感謝する」

ダジャルファードがそう伝えると、明は表情を変えずに述べた。

「今日は花の宴だ。皇族の出入りが多く、そちらに労力を割くので、どうしても守りが甘くなる。敵が侵入するならばこの日だろうと、当たりをつけていた」

なるほど、誰かがダジャルファードの下へ侵入してくるのは、ある程度予想していたということか。そして外の見張りを心配すると、気絶をしていただけであったことがわかり、ダジャルファードはホッと息を吐く。

ところで気になるのは、さらに向こうを見ると、通訳の男が控えていたことだ。なにか話すことがあってのことだろうか？　それとも、もしや明にネファルとの会話を聞かれていたのか？　思案するダジャルファードに、明が意味あり気な表情を見せた。

「お主は愚か者の手を取らなかった。それを誠意の証《あかし》としよう」

そう告げられ、やはり会話を聞かれていたのだと知る。となると、ダジャルファードは試されていたわけで、その試しを潜《くぐ》り抜けたと考えていいのだろうか？

いや、そのことは後で考えるとして。

ダジャルファードが気になるのは、花の宴という催しが、静《ジン》の手紙にも書いてあったことだ。

「花の宴、静は無事か？」

「なんだ、気になるのか？　今まで処遇を聞きもしなかっただろうに」

今まで静のことを気に掛ける発言をしなかったことで、ダジャルファードの心配が唐突に思えたらしく、明に若干の疑いの目を向けられる。しかしこれとてダジャルファードなりに、色々と考えてのことである。

「皇帝陛下、私よりも静の安全の方が大事、宇が言っていた。ならば静は大事に守られているだろう？　私の心配は不要、近付く方が悪《あく》」

事実、もし静がネファルに妙なことで恨みを持たれ、襲われてしまっては、きっとあっという間にやられてしまう。ダジャルファードですら、全く意思の疎通が図れなかったあのネファルである。どのあたりに怒りを感じるのか、自分にも全く想像がつかない。それを考えるとなるほど、宇の言う通り、ダジャルファードが静に近付かないことは正解だったのだ。

「なるほど、それでか」

ダジャルファードの説明に、明が納得できたという顔になる。

明はどうやらダジャルファードを薄情者だと思っていたようだ。しかし逆に言えば、ダジャルファードは明にそう思わせることに成功したとも言える。ダジャルファードとて宇の言う通り、己が女人を苦手としているという自覚を今では持っているが、それでもさすがに二人旅をしてきた末に静を放置するほど、薄情者ではないつもりだ。

里ではあまり静と積極的に話をしなかったダジャルファードだが、どうやら静には「自分の方がお姉さんだ！」という意識があったことがわかった。ダジャルファードが後から里へ来たためと、宇からもなにかを吹き込まれていたせいもあるようだが。旅の道中で姉ぶって行動したがり、これも子どもの成長だろうと、ダジャルファードもそれに付き合っていた。ダジャルファードは皮肉なことに、奴隷として奴隷商に連れ回されたことで、外の国を見る機会に恵まれたが、静は里の外の世界をろくに知らないのだ。

――知らないというのは、ろくなことを招かない。

かつてのダジャルファードがそうだったように。

それにダジャルファードは繰り返すが女人が苦手ではあるし、時折後ろ暗い気持ちを抱くこともあるが、かといって静の不幸を願っているわけではない。それに物知らずなのはダジャルファードとて同じだ。ダジャルファードの方が大人としての振る舞いをわかっている分、いくらか理知的に振る舞えていたであろうが、それでも都まで物知らず同士、助け合ってやって来たのだ。

その静のいる居場所が、今どうやら危険なのだという。あちらで何事もなければいいと考えた、その時。

――声？

ダジャルファードの耳に、風に乗った音がひっかかった。

「今、叫び声がした」

「……声だと？」

唐突にダジャルファードが告げると、明が訝《いぶか》しむ表情になる。明には聞こえなかったらしいが、そもそもダジャルファードは常人よりも耳がいいのだ。

「私は草原のはるか遠くにいる、山羊《やぎ》の声も聞こえる」

「そりゃあ、意外な特技だ」

ダジャルファードが己の耳の聞こえについて説明すると、明が目を丸くしていた。

この耳の良さは、盗賊退治に非常に有効であったが、普段は意識して聞かないようにしている。でないとうるさくて生活に困る。しかし今はネファルの事で気が立っていたため、良く聞こえるようになっていたようだ。

「それで、声とやらはどこからしたのだ？」

尋ねる明に、ダジャルファードは声がしたと思う方を指さす。

「あちらにはなにがある？　娘の声、悲鳴のような、喚《わめ》くような、聞いたことがあるような……」

ダジャルファードが声のことを思い出すようにして話すのに、明の顔色がサッと悪くなる。

「皇太后宮の方角だ。ここは百花宮に近い場所だが、それにしてもまさか……」

深刻な顔をする明だが、思えばダジャルファードがここで聞いたことのある娘の声となると、限られている。そして少なくとも、静の声ではなかった。

その後はとにかく、声がしたと思う方へと行ってみることとなる。

＊＊＊

場所は移り、こちらは太子宮である。

ここでも、花の宴は客人を迎えて華やかな様子を見せていた。

立勇《リーヨン》は宦官の立彬の姿で護衛として明賢《メイシエン》の背後に立ち、宴の様子を観察している。

こちらに足を向ける皇子や公主のほとんどは、明賢と皇族としての家族の情を確かめ合うというよりも、仕事上の話を目的とした者だ。明賢が即位した後も、自分たちの実家との取引を継続してもらうべく、彼らは縁をつないでいるのである。

そうした客人を主に持て成すのは江貴妃《ジャヤン》であり、それぞれの客人と明賢との会話の時間を上手く見計らっていた。誰かと長く会話をすると、誰かから「差をつけられた」と不満が出る。会話ひとつでも気が抜けないことだろう。そろそろ明賢との会話を切り上げてほしくなった頃合いになると、恩《エン》淑妃や黄《ホアン》徳妃の庭園へと誘うのだ。

皇帝の四夫人と違い、太子宮の四夫人は共に明賢を支え、皇帝位に導かなければならない。太子の位を狙う皇子は多く、明賢とて安泰な立場ではない。そうなると、四夫人たちの身分も同様であり、こうした宴の場で足を引っ張り合っている場合ではないのだろう。

それで言うと、今年は黄徳妃宮が協力的なため、江貴妃もやりやすいようだ。

このように、太子宮の庭園は華やかであるのだが、そんな中で立勇は先程から一人、ずっと神経を尖《とが》らせている。

立勇はソワソワとしそうになる己を叱咤《しった》し、じっと立っているように努めているが、これがなかなか難しい。

――影たちの気配が、落ち着かない。

普段、これほど影の気配を感じることはない。気配を上手く忍ばせるからこその影なのだ。すなわち、それだけ敵が侵入しているということである。

花の宴は、華やかな庭園の様子とは裏腹に、荒れ模様となっているのが感じ取れる。

東国か、それ以外の国か、はたまた皇帝位を未《いま》だに狙う皇族の誰かか。敵といっても、想定される相手は多い。もしくは、東国の問題で揺れている時機を見計らい、引っかき回す目的で入り込んでいる輩《やから》もいることだろう。現皇帝はその戦強さで成り上がった強者であるが、それゆえに敵も多いのだ。

――このような状況で、剣を持てぬとは……。

立勇は腰元が軽いことに、不安を覚えていた。

花の宴では持ち歩ける武器に制限がかけられる。皇族が客人として入ってくるので、武器を持っていると流血沙汰《ざた》に発展しがちなのだ。立勇としても、忍ばせている武器が短剣のみと非常に心もとないので、手に取れる範囲に棍《こん》を潜ませている。それでも、どうしても癖で腰に手をやってしまい、その手を空ぶらせてしまう。

それを幾度目か繰り返した時。

「失礼します」

太子宮の宮女が立勇へ近付いてきた。その宮女は木簡を持っており、立勇に差し出す。見れば、裏門からの言付けのようだ。

――裏門に、私の客人だと？

しかも客人の名が書かれていない。わざわざこうして木簡が届けられたということは、重要な客だということだろう。そう考えて真っ先に思い浮かぶのは、雨妹《ユイメイ》の顔である。しかしそうであるならば、木簡に雨妹の名前が書いてあるはずだ。

立勇はこの奇妙な木簡に首を捻《ひね》りながら、この場に明賢の護衛が十分にいることを確認すると、明賢に声をかけた。

「誰かが私を訪ねてきているらしいのです」

そう言って木簡を見せる立勇に、明賢が微《かす》かに眉《まゆ》を上げる。

「雨妹ではないようだね。大事であったらいけないから、行っておいで」

「ありがとうございます」

明賢の許可が出たことで立勇は一礼すると、念のために棍を手に持ってから、この場を離れた。


裏門に向かった立勇が見たのは、意外すぎる二人連れであった。

一人は宦官《かんがん》の格好をしている男で、その傍らには何故か、雨妹が教育している新入り宮女の何静《ホー・ジン》がいるではないか。

二人の内の宦官を目にするなり、立勇の肩から力が抜ける。

「誰かと思えば、お前か」

このような姿をしていても、立勇は見間違えたりはしない。この宦官姿の男は上手く変装していて認識し辛《づら》いが、立勇の同期の刑部《けいぶ》官吏である。どうせ宴に潜入して、情報収集でもしていたのだろう。名乗る名前もしばしば変えるので、今なんと名乗っているのかもわからない。

それにしても気になるのは、その彼が静を伴っていることだ。

「やあやあ、そちらがウロウロせずにいてくれて助かったぞ。ほら、この男であろう?」

男が立勇に手をかざして見せるのに、静はコクコクと頷《うなず》いた。

よく見れば、静は髪を乱しているし、服のあちらこちらに土をつけており、どこかで派手に転びでもしたかのような格好である。

「なにがあった？」

いかにもなにか事件があったと言わんばかりの様子に、立勇が眉をひそめていると、静がポロポロと泣き出す。

「あの、助けて、雨妹を助けて！」

そう叫び、静が涙交じりにこれまでのことを語り出した。


袋詰めされた雨妹の一方で、残された静はあれからどうしたかというと。

雨妹に怒鳴られてから走って走って、息をするのも忘れて走り、苦しくなって咳《せ》き込み、ついでになにかに躓《つまず》いて転んだところで、ようやく足が止まった。

「ゲホッ、ゲホッ……どうしよう」

静は青い顔で地面に頬をつける。

今日は絶対に雨妹と離れず、一人で行動しないようにと言い聞かされていたというのに、こうして一人になってしまった。これから自分は、どうするべきだろうか？

いや、どうするべきかなんてことはわかりきっている。誰かに助けを求めるのだ。

――楊《ヤン》さんに……いや、楊さんがどこにいるのか、そもそも知らないや。

楊は今日忙しいと言っていたので、果たしてどこにいるのか？　今から居場所を探しに行って、会えるのはいつになるのか？　未だ百花宮の中で知っていることの方が少ない静には、想像もできない。

――それに、ひょっとしてさっきのは、あの嫌な奴が襲ったのかも！

単純かもしれないが、嫌な思いをしたばかりで嫌なことがあったため、静はその二つを繋《つな》げて考えてしまう。

あの静たちに意地悪を言ってきた男は、自分のことを「皇太后が云々《うんぬん》」と話していた。皇太后というのが、この後宮ですごく偉い人なのだということは、さすがに静にだってわかっている。そんな偉い人に関係する事を、誰に相談すればいいのか？

――いや、老師がいつも言っていたじゃないか。

老師曰《いわ》く、権力に物申そうと思えば、こちらにも権力が必要なのだという。なんの力もない民の言葉など、木の葉よりも軽いのだ。

そうなると、静が助けを求める相手は、権力がありそうな偉い人ということになる。偉い人で静がまず思い浮かべたのは、いつか話をした杜《ドウ》という人だ。皇帝と話が出来ると言っていたから、きっとすごく偉い人だろう。けれど残念ながら、その杜が今どこにいるのか静は知らない。

――偉い人、他にも誰かいない⁉

地面に転がったままで静がウンウンと唸《うな》った末、ふと脳裏に浮かんだのは、たまに雨妹を訪ねてくる男の姿だった。

雨妹は、あの男と仲が良さそうだった。雨妹とあの人が二人で話している姿を見ていて、静は「宇《ユウ》はどうしているかな？」と思わず考えてしまったくらいに。

――あの人の居場所ならわかるもの。太子殿下付きだって聞いたから、きっと太子宮だ！

やるべきことが決まれば、静の目に力が戻ってくる。

「よし！」

静は立ち上がろうとして、雨妹の簪《かんざし》を握りしめていることを今更ながらに気付き、それをお守りのように懐へと仕舞う。

そして「さて行こう」となったところで、静はふと気付いてしまう。

「あれ、でも太子宮ってどう行けばいいの？」

静は百花宮内の地理に未だ明るくない上に、がむしゃらに走ったので、今どこにいるのかすら定かではない。

――ああもう、私って馬鹿だ！

早速難問へ突き当たってしまった静は頭を抱え、肝心なところで駄目なんだ、と一人落ち込んでしまっていると。

「おや、先程の娘たちの片割れではないか」

ふと、聞き覚えのある声が聞こえたので、その声の方へ視線を向けた。

――あ！　さっきの人たち！

なんと、そこへ沈《シエン》とその供の宦官が立っているではないか。静はいつの間にか、先程の料理が食べられる場所の近くまで戻ってきていたらしい。なにはともあれ、これは絶好の機会だ。

「あの、太子宮ってどっち!?　……あ、ですか!?」

拳《こぶし》を握り締め、真剣な顔で尋ねる静に、沈が目を見開いた。

「太子宮はあちらの方角だが、お主は一人か？　一緒に居た娘はどうした？」

「えっと、その、さっき……ふぐっ」

沈にそう問われた静は、説明しようとして網に捕らわれた雨妹の姿を思い出してしまい、じわりと目に涙が滲《にじ》んできてしまう。

「ああこれ、泣くでない！　なんだ、悲しいことがあったのか？」

静を泣かせてしまったと、沈がオロオロとしだす中。

「太子宮の場所を聞いて、どうするのだ？」

冷静な口調で静に話しかけたのは、沈の供の宦官であった。

宦官の方から話しかけられたことで、静は驚いて涙が引っ込む。

——この人、しゃべったよ⁉

静は食事の卓で出会った時からずっと黙ったままであるこの宦官を、人形かなにかのように感じていたのだ。なのでしゃべる相手だとは思わずに驚いたことと、次いで目的を聞かれたことに遅まきながら気付き、静はなんとか言葉を発する。

「えっと、そこに雨妹と仲良しの男の人がいる、はずなの、です！　あ、雨妹を助けてってお願いする！　です！」

本当にあの男がそこにいるのか定かではないのと、慣れないので敬語が飛んでしまうのとで、言葉がなめらかではなく聞きにくいだろうが、宦官は「ふむ」と頷く。

「影たちが騒がしいと思えば、そういうことか。だが、お前が行ってどうなるというのか？　あちらの宮女の方ならばともかく、お前にはなんの伝手《つて》もないのだぞ？」

宦官からもっともな指摘を受けて、静は「あ！」と固まる。

「それはそうかも……じゃあどうしよう」

自分の案は駄目らしいと気付いた静がしょんぼりとする様子を見た宦官が、「はぁ」とため息を吐く。

「仕方ない、来なさい」

クイクイと手招きする宦官に、静は「もしかして」と目を丸くする。

「あの、一緒に行ってくれるの？」

静の問いに、宦官が答える前に沈が口を挟んできた。

「その場合、我はどうなる？」

「殿下はどうぞお一人でお戻りを」

こちらの問いには、宦官はバッサリとそう断じる。

「……我の扱いが雑ではないか？」

沈がそう言ってしかめっ面をするのに、宦官は表情を変えない。

「どうせ影がどこぞから見張っております。ですが、どうか下手なことはなさらないように」

「お前、さんざん我を利用しておいてからに、その言い草はないのではないか？」

沈に対して臆《おく》することなく言い返す宦官に、静は一人首を捻る。

——あれ、あの人ってこっちの人の下についている人じゃあないの？

不思議な二人の関係に戸惑う静を余所《よそ》に、二人の言い合いは続く。

「揚州《ヨウ》は徐州《ジョ》とならび、外の国へ開かれた地。きっとちょっかいをかけてくる輩が多いだろうと睨《にら》んでおりましたが、案の定楽しい話がたんまりと聞けました」

そう話して微かに笑みを浮かべる宦官に、沈は若干呆《あき》れ顔《がお》である。

「明賢からそなたをつけてくれと頼まれたから受けたが、厄介な連中と会話をしたのは我であるぞ？」

「はい、大変感謝しております。持つべきものは太子付きをしている友人ですな」

「刑部め、のらりくらりと面倒な男よ」

沈は実に嫌そうに吐き捨てるように言う。

そう、この宦官こそ、立勇の同期である刑部官吏の変装した姿――雨妹が勝手に「謎《ミイ》」と呼んでいる男である。


「あの、助けて……雨妹を助けて！」

語り終えて、悲愴《ひそう》な表情で訴えてくる静の頭を、立勇は軽く叩《たた》く。

「言わずともそうする。そう泣くな、雨妹は無事でいるに決まっている」

立勇がさして動揺することなく、そう断言してみせると、静の涙が少しだけ引っ込む。

「……そうかな？」

「そうなのだ。それにしても雨妹よ、いつもながら、妙なお人を引き当てる奴め」

静の懸命な説明を聞いて、立勇は危機感と同時に感心してしまう。

「お前の手引きか？」

「いいや、偶然だ。張雨妹《チャン・ユイメイ》があそこにいるとは思わなかった」

立勇が疑いの眼差《まなざ》しを向けるのに、謎は真顔で返すので、どうやら本当に偶然らしい。

雨妹たちが出会った皇子、沈天元《シエン・テイエンユエン》とは、皇太后派ではなく、かといって皇帝に与《くみ》しているわけでもない、独自の立場を持つ皇子である。

沈は先の戦乱の混乱期に生まれた皇子だ。皇帝・志偉《シエイ》が戦乱をなんとか収めた後、敵であった一族は全員粛清されてもおかしくなかったが、「敵となった一族全てを殺しては、王宮が立ち行かない」と志偉が発言したことで、一部の皇族は粛清を免れた。その内の一人が沈である。

沈は崔《サイ》国の戦乱に乗じて他国に荒らされていた揚州に向かわされ、混乱を収めてみせた。その手腕から、「皇帝の座につくに相応しい男」として常に名が挙がるため、皇太后にとって沈とは目の上の瘤《こぶ》であろう。しかし本人は戦乱からその後のあれこれで色々と懲りており、皇帝位を欲する気持ちなどこれっぽっちもないと、以前に明賢に語ったことがあるという。むしろそのような面倒を背負う明賢を尊敬するそうだ。

そんな御仁であるので、そう頻繁に宮城へ顔を出すことはないのだが、それでも時折他州との取引のために、このように花の宴を利用することもある。特に徐州の黄《ホアン》家と沈は、互いに得意先であろう。

立勇とて、皇太后の名を出して絡んだという宦官のことを怪しいと感じる。

昨今、なにか無理を通そうとする際に、皇太后の名が使われることがしばしばある。皇太后には無関係のことであっても、皇太后は己の名前を出されることを、ある種の権威の証というように捉《とら》える節があった。自分の名を出して恐れられることに、快感を覚えるのだろう。

「わたくしはただ相手に頼りにされただけのこと。それを、なにをそう声を荒らげるのか？　誰かに好かれるとは嬉《うれ》しいものだ」

このように言って追及してくる者を煙《けむ》に巻いてしまう。この皇太后の悪癖が悪事を助長させているということに対して、当人は無頓着《むとんちゃく》であり、皇帝も頭を悩ませている種だ。

だが、もし今回その皇太后の名を利用した宦官《かんがん》が捕まったとして、その時に沈を間に挟んだとなれば、皇太后はこれまで通りに煙に巻くことはできないだろう。煙に巻くのは、あくまで皇太后の支配域で通用する手段だ。沈は皇太后の支配域の外にいる男だ。沈と同様であるのは、あとは黄家くらいであろう。

雨妹は、この事件を握りつぶされないための絶好の縁を引き寄せたのだ。

――なんという強運か。

立勇はその強運が雨妹を助けてくれることを祈り、静《ジン》を見やる。

「何静《ホー・ジン》、お前が今するべきことは、己の身の安全を第一に考えることだ。ひいては、それが雨妹の安全に繋がる」

立勇がむやみに行動しないようにと暗に釘《くぎ》を刺すのに、静は「わかった」と小さく頷《うなず》く。

――賢い娘だ。

足手纏《あしでまと》いになることの危険をわかっており、それだけ育った環境が過酷だったのだろう。

しかしそうなると、静の身柄をどうするべきか？　このまま謎に預けておくわけにもいくまい。

この男とて、仕事があるのだ。

「さて、どうするのが最善か」

立勇が頭を悩ませていた、その時。

「その娘、わたくしが預かりましょう」

柔らかい声が響いてきたことに、立勇はハッとして礼の姿勢を取る。

「これは、恩《エン》淑妃」

そう、何故かこの裏門へ恩淑妃がやってきたのだ。

恩淑妃がいつも連れている女官だけを供にして、こちらへとゆっくりと歩いてきていた。

――急に大人びてこられたな。

立勇は恩淑妃を見て、ふとそのように感じる。

昨年の花の宴の頃の恩淑妃は、まだ子どもっぽい仕草をするお人であった。けれど今年は春節前あたりから急激に背が伸びて、「少女」ではない雰囲気を漂わせるようになっている。立勇自身にも覚えがあるが、この年頃の一年はとても密度が濃いものだ。色々とあった経験が、恩淑妃を大人へと引き上げたのだろう。

けれどその恩淑妃が、このような裏門まで自ら足を向けるとは、思いもよらなかった。しかも花の宴の最中である。

「ご用事でしたら、このような場所に自ら赴かれなくとも、お呼びくだされればこちらが向かいましたものを。宮の方々がお探しなのではないですか？」

立勇がそう述べるのに、恩淑妃はツンとすまし顔になる。

「わたくしがおらずとも、宮は回るのですって。ならば勝手にさせておけばいいのよ」

恩淑妃の言葉に、供の女官が苦笑している。

あの様子だと、恩淑妃は宮の中で揉《も》めてしまい、気晴らしに散歩をしていたのであろうと推測された。

皇太后や皇后の手の者が多くいる恩淑妃の宮は、恩淑妃の意思を飛び越えて、皇太后や皇后の意思を慮《おもんぱか》って動くことが多い。以前はそうした流れに逆らわず、言いなりになることが常であった恩淑妃であったが、最近は己の意見を述べるようになっていると聞く。まあ得てして聞こえてくるのは、「身の程を弁《わきま》えていない」という皇太后や皇后側の意見であるのだが。

恩淑妃とて、そろそろ己の身分について理解ができてきている年頃である。最近は江貴妃《ジャン》と明賢に対して、距離を測ろうとしている様子が見受けられる。それも恐らくは自分は明賢の妃《きさき》であり、まるで二人の子どものように甘えているばかりではいけない立場なのだと、わかり始めたのだろう。明賢は彼女を淑妃の身分から解放し、誰かに嫁がせてやりたいらしいが、恩淑妃としてはそれを選択するには難しい立場だ。

恩淑妃はまだ十分幼いとも言える年頃であるのに、自身に将来を決める自由はないということを、よくわかっているようであるのが痛ましく思う。後宮入りした当時の恩淑妃が、政略婚ということの意味を知っていたとは、到底思えない。無知を利用して押し込んだも同然である。

その恩淑妃が、立勇に告げる。

「裏門に誰かいるという話を聞いて、もしやあなたが懇意にしていらっしゃるあの宮女かと思いましたのに」

なるほど、恩淑妃は雨妹がいるかもしれないと考えたのか。

確かに雨妹がなんらかの用事があって太子宮を訪ねてくる際に、この門を使う機会は多い。恩淑妃にとって、雨妹は興味をそそられる存在なのだろう。残念そうに息を吐いた恩淑妃であったが、次いで立勇と共に居る静に目を向けた。

「あなたは服にも顔にも土をつけて、花の宴でそのような格好をしていてはいけないわ。ばあや、娘の身を清めてあげてくれるかしら？」

「はい、媛《ひめ》様」

恩淑妃が指示を出すと、女官がまずはこの場で出来る清めとして、手巾《しゅきん》で静の顔についた土を拭《ぬぐ》い始める。「預かる」という言葉は、どうやら恩淑妃の中では決定しているようだ。

「へ？　え？」

見知らぬ相手から世話を焼かれていることに、静は目を白黒させていた。

――悪くはない選択肢だ。

立勇は素早く思考を巡らせる。

恩淑妃は皇太后派であり、それゆえに宮の守りにも十分に人員を割かれている。影が妙にざわついているという不安があるので、できれば目に見える安全を選びたい。それに静の身柄について、太子宮でも労力を費やしたという証がこれで立つ。このことはすぐに明賢にも知らせが行き、あちらでもなにかしらの対策をとってくれることだろう。

「それでは、この娘の身柄をお願いできますでしょうか？」

「ええ、任せてくださいな。あなたが迎えに来るまで、きちんと持て成しておきますわ」

結果、この提案を受けた立勇に、恩淑妃が笑みを浮かべる。

「何静、このお方がお前の身柄を預かってくださる。失礼のないように振る舞いなさい。恩淑妃、なにぶん教育不足の新人宮女ですので、多少の無礼はどうぞご容赦願いたい」

「わかりました、わたくしは些細《ささい》なことを気にしなくってよ」

静と恩淑妃に注意事項を述べると、恩淑妃はそのように鷹揚《おうよう》に頷いてくれる。

「あ、あの、じゃあこれ！」

そして慌てた様子で静が懐から出したのは、簪《かんざし》だ。立勇が今年の花の宴用にと、雨妹に贈ったものだった。そういえば静の髪に挿してある簪は、昨年に贈ったものである。

「いつの間にか、私が握っていたの。これ、雨妹に返しておいて、きっとだからね!?」

「わかった、きっと返しておこう」

手渡されたその簪を立勇は撫《な》でてから、静に向けて頷くのだった。

太子宮を飛び出した立勇はまず、静が雨妹と別れたという地点まで行ってみることにした。

「ここか」

立勇が地面を丹念に見ると、何者かが争った跡が見られるので、どうやらここで攫《さら》われたことは間違いないようだ。

雨妹たちは道を確かめずに適当に走ったということだったが、そこは各宮へと続く通りから二つほど奥に入った、裏路地であった。

——雨妹の奴め、裏ではなく表通りを行くべきであったな。

雨妹は恐らく、人が少なくて走りやすい道を選んだのだろうが、人目が無くなれば、追手は大胆な手を使いやすくなる。これは逃亡時に陥りやすいしくじりだ。雨妹は頭が回るようで、こういう所は抜けている。まあそれも、雨妹が人に追われるような人生を送っていない証拠であるので、それはそれでいいのだろうが。

だがさすがに、ここから先の足取りは消されている。

——しかし、そう遠くへは行けないはずだ。

立勇がなにか手掛かりがないかと周囲を探っていると、スッと姿を現したのは皇帝の影だ。静曰《いわ》く、歩いていると突然屋根から人が落ちてきたのだそうだ。雨妹に逃げるように促したことを考えると、皇帝の影だろうと思ったのだが、それはどうやら当たりらしい。

「なにがあった？」

立勇が短く問うのに、その影が答える。

「皇太后陛下の宮の一部で、離反が起きた様子。それで裏では混乱が起き、情報も錯綜《さくそう》中」

「なるほど、それで敵が湧いたように見えたのか」

影からの報告に、立勇は顔をしかめる。

百花宮において、皇太后の宮は立ち入ることが許されない治外法権的な場所である。いくら皇帝の影といっても安易に立ち入れないため、そこで隠されていれば、敵の姿は見えなくなるのだ。さらには皇太后自身が浅慮な性格をしているとなれば、悪人は利用しやすいというものだろう。

これまでも皇太后周辺は様々な悪事に利用されてきたが、皇太后は「自分は被害者だ」と主張し、糾弾をのらりくらりと退けてきた。けれど今回は、現在敵対国家としている東国を引き入れたのだ。百花宮内部で収まらない罪であり、これまで通りに逃げおおせるとはならないと思われる。

――だがそうなると、雨妹は皇太后の宮に引き込まれた可能性が高いか。

雨妹が目をつけられた理由も気になるが、これまでの事件でちょくちょく首を突っ込む羽目になっていたので、その存在が目立ってしまったのだろう。それとも、単に最近皇帝陛下のお気に入りの宮女だからか？　一部の近衛兵《このえ》には以前に許子《シユ・ジ》の霊廟《れいびょう》への慰問で、お忍び姿の皇帝と雨妹が並び立つ姿を見られている。そこから勘ぐられ、雨妹が皇帝の弱点となり得ると思われたのかもしれない。

しかしあの雨妹は、弱点どころではなくむしろ逆鱗《げきりん》、つまりは安易に触れて良い存在ではない。なにはともあれ、その影に導かれ皇太后宮の方へと向かう立勇は、同じくそちらに宮城側から向かっている者たちがいるとは、この時想像してもいなかった。

第五章　戦え！

様々な人々がそれぞれに奮闘しているその頃、囚《とら》われの身となった雨妹《ユイメイ》はどうしているかといえば。

袋に詰められたまま運ばれ、どこかでドサリと放り投げられてしまう。

「モガー！」

――ちょっと、もっと丁寧に扱いなさいよね！

雨妹は文句を言いたくても、口を布で覆われてそれもできない。最初口は自由だったのは、すぐに攫われる恐怖で声も出なくなるだろうと思われたようだ。しかし生憎《あいにく》と、雨妹は恐怖で竦《すく》むようなか細い神経を持ち合わせていなかった。

攫った相手はモガモガと袋の中で騒ぐ雨妹に取り合わず、ズカズカと足音が遠ざかっていく。どうやら雨妹はここで放置されるようだ。

――よし！

雨妹は今のうちに脱出まではいかずとも、せめてこの袋から出ようと、モゾモゾと動く。どうやら袋を縛る紐《ひも》が緩かったようで、芋虫よろしく懸命に足掻《あが》いた結果、顔だけ袋から出すことができた。

「ムムゥ！」

そうして袋の外の景色を見ることができた雨妹は、ぐるりと顔を動かして周囲を窺《うかが》う。

雨妹が転がっているのは何処《どこ》かの部屋であった。中は薄暗く、明かりは天井付近の風を入れるためであろう隙間からの、微《かす》かなものしかない。外からの明かりがとれる窓がないのは、おそらく外に面していない内側の部屋なのだろう。それでもこの薄暗さに慣れてくると、だんだんと中の様子が窺えるようになる。

装飾がきらびやか、というか過剰なくらいに派手であり、偉い人が使う部屋だということがありとわかる。

雨妹はてっきり物置かなにかに押し込められたのかと思いきや、意外な場所だったことに目を丸くする。

――いや、案外こっちの方が、人がいないのかも。

今日はどこの宮でも、庭園が望める部屋が使われていて、宮の奥にある部屋には逆に人がいないことだろう。だがそうなると、雨妹には現在どこにいるのかさっぱりわからない。掃除係の雨妹なので、外の景色を見れば、ぼんやりとでも当たりをつけることはできたかもしれないのに。

さて、その部屋の外では、雨妹を攫った二人が話している。

「……！」

「……」

若干揉めているようにも聞こえる声が響いているが、なにを話しているのかと雨妹が耳を澄ませていると、二人の足音がこちらに戻ってきた。

「む、脱出しているではないか！」

宦官《かんがん》の方が袋から顔を覗《のぞ》かせている雨妹を見て、もう一人に怒鳴る。

「紐が緩かったか。だが小娘一人、なにができるはずもない」

そのもう一人はそう言って馬鹿にしてくるが、宦官の方は雨妹を睨《にら》み、忌々しそうに舌打ちした。

「宮女の分際で、青い目を持つとは……なんと憎らしい！」

このように悪し様《あざま》に言われた雨妹だが、これまでだって青い目のことをなんだかんだと言われたことくらい、実のところ数えきれない程ある。なのである意味慣れているので、特になんとも思わない。

皇族の証《あかし》とされる青い目であるが、実は庶民の中にも青い目というのはごく稀《まれ》にいると聞く。そうした場合、ご先祖様のどこかに皇族の端くれがいたのだろう、くらいの認識である。

雨妹のように、青い目の血筋を辿《たど》れるくらい皇族に近い世代ならばともかくとして、そうではない、話にも伝わっていないような、遠いご先祖様の特徴が隔世遺伝した身の上での青い目の持ち主だっている。しかも青い目は身分が高い者にのみ見られるというわけでもなく、農民の中にもたまにいるという。崔《サイ》国の歴史はそれなりに長いので、庶民に紛れた皇族というのはそこそこいるものなのだ。それを他の者から「分不相応」だの「生意気」だのと言われることは、雨妹に限らずよくあることだろう。

けれどこの宦官の言い方は、それらとは少々毛色が違うように感じる。「憎らしい」と言いながら、どこか羨《うらや》んでいるようにも聞こえたのだ。

――この人はなにか、青い目に因縁でもあるのかなぁ？

雨妹が「むむっ」と宦官の態度の理由について考えていると、もう一人がその宦官に声をかける。

「もう後戻りはできん、これが最後の機会だ」

「わかっておるとも！　今ここで、復讐《ふくしゅう》を成し遂げる！」

「そうだ、そのためには本国も協力を惜しまぬだろう」

復讐とは、なんだか不穏な単語が飛び出してきた。そしてそれを焚《た》きつけている方の男は、「本国」ということはやはり、東国関連か。

けれど復讐とはすなわち、宦官の青い目に対する言い分からしても、皇族に対して怒りを抱いているということだ。それは一体、どんな怒りであるのか？

謎に思っている雨妹の耳に、思わぬ話が飛び込んできた。

「私が持っているべきであったものを取り戻すのだ。青い目さえ生まれ持っていれば、私が皇帝になるはずだった！」

「……モガ⁉」

雨妹の口から布越しに、思わず声が漏れる。

――え、この人ってひょっとして、皇族なの⁉

雨妹は驚きのあまりに目を見開く。

驚く理由としてまず、この宦官は青い目ではないということだ。青い目こそが皇族の証と散々聞かされてきたが、けれどよく考えて見れば、青い目に生まれるかどうかというのは、遺伝確率の問題であろう。

――遺伝で親のどこを貰《もら》うかっていうの、運だしなぁ。

そう思えば、青い目ではない皇族がいてもおかしくはない。皇族の特徴とされるくらいなので、青い目の遺伝子は相当強いのだろう。けれど当然、青い目の特徴が受け継がれないということだって、過去には多くあったはずだ。

そして次いで驚く点は、皇族が宦官をしているということだ。こちらは身分詐称の「なんちゃって宦官」ではなく、本物の宦官だろうということは、外見や声の調子でわかる。皇族が宦官になるということが、果たしてあるのだろうか？　いや、なんらかの理由で子孫を作らせないために宦官にすることは、考えられなくもない。

つまり、この宦官の言葉はあり得ない話でもないわけだ。

雨妹がそのように考察する様子を、宦官は馬鹿にされたと思ったらしい。

「なんだその目つきは、自分が青い目を持っているからと見下しているのか⁉」

宦官は顔を真っ赤にして、雨妹に怒鳴りつける。

「どうせお前とて、その青い目を利用して皇族の末席にでも加えてもらおうと、後宮に入り込んだのだろう。青い目というだけで、どこの馬の骨とも知れぬ分際で、不相応な夢を抱くものよ！」

宦官は雨妹の目的を勝手に捏造《ねつぞう》して、熱弁してきた。

「青い目がどれほど偉いというのか⁉　私は直系皇族であるのに、皇族の証とされる青い目を引き継がなかった、それだけの理由で貶《おとし》められた！」

うっすら涙すら浮かべて怒りを吐き出す宦官は、青い目への羨望《せんぼう》と劣等感をかなり拗《こじ》らせていたらしい。これまでこらえて溜《た》まっていた鬱憤《うっぷん》が溢《あふ》れだすように、宦官の怒りの主張はまだまだ続く。

「我こそが先帝陛下に認められし、正統なる後継者である！　私が即位しておれば、戦乱にならずに済んだであろう！　それを皇太后めが、己の欲のために握りつぶし、貶めたのだ！　だが、信じられるか？　皇太后は己が宦官に堕《お》とした皇子のことなど、覚えてもいなかった。奴《やつ》の気まぐれの悪意が、私の未来を闇の中へ堕としたというのに……！」

見たところ、この宦官は現皇帝と同世代だ。あの父は百花宮《ひゃっかきゅう》育ちではなく、そもそも当初は皇帝候補として名も挙がっていなかったというのは、百花宮では有名な話であるという。なので当時比べるとすれば、皇太后の別の子どもあたりであろう。

この宦官の話を信じるならばという仮定のことだが、少なくともその皇太后の子どもよりも、こちらの宦官の方が優秀だったのかもしれない。それを宦官にするというのは、殺されるのとどちらがマシかと考えると、微妙なところであろう。

――ろくなことをしない人だなぁ、皇太后陛下って。

これまで皇太后に関することに、雨妹はしばしば遭遇してきた。その経験からすると、皇太后という人物像は、陰謀を張り巡らせるという質《たち》の人ではない。むしろ思い付きで物事を進めていく性格な気がする。けれどそうした思い付き人間に権力を持たせるのは、確かに周囲は色々と困るだろう。

そうした点では、この宦官は不幸に思う。

――けど、「正統な後継者」っていうのもなぁ……。

雨妹は内心で眉《まゆ》をひそめる。

皇帝とは、「皇族であること」「国を統べる能力があること」という、この二点で選ばれているのが、雨妹にだってわかる。皇帝位が欲しければ、正統性だなんだというよりも、皇帝に相応《ふさわ》しい実力を示して見せる方が先であろう。当人に能力が足りずとも、その能力を補える仲間を惹《ひ》き付ける魅力という方法だってアリで、そうなるとやり様など色々とある。実力で認められたのが現皇帝であり、足りない点を人材で補おうというのが現太子だろう。

この宦官が真に頼りになる人物であれば、血筋さえ確かならば皇帝候補として挙げられたであろう。青い目ではないことが欠点となり得たとしても、青い目が遺伝上の運である以上、過去には当然青い目ではない皇帝だっていたことだろう。たとえ宦官にされたことから己の後継を生み出せないとしても、皇族の誰かを養子にすればいいだけだ。特に先の戦乱は、先帝の後継がいないことが混乱の発端だったというのだから、やる気のある有能な皇族はのどから手が出る程欲しかったはず。

なので正統を主張するならば、戦乱期に軍を統率して戦えばよかったではないか。仮にこの宦官に戦の才能がなかったとしても、きっとあの父のことだ、誰かが皇帝の座に就く正統性を言ってくれれば、戦いにだけ力を貸して、とっとと田舎へひっこんだであろうに。

この者が本当に皇族で、青い目を持たないというだけで不当に貶められ、宦官にされてしまったというのであれば、雨妹とて同情するところだ。けれど自分はなにもせずに「もし自分であったならば」という妄想だけを広げ、見目好《よ》い国になったところで「ここは私の国だったはずだ」と言い出す。それを人は「我儘《わがまま》」と呼ぶのではないだろうか？

それに父が戦乱を収めた苦労を「正統なる後継者」という一言で不要なものであったかのような言い方は、雨妹としてはなんというか……。

――そう、なんか、なんか腹立つぅ！

そしてもっと腹が立つのは、そんな宦官の演説を楽しそうな顔で聞いている、もう一人の男である。まるで玩具《おもちゃ》が上手《うま》く動いていることが楽しいような、そんな様子にイラッとする。

国とは、こんな風に誰かの玩具にされるようなものではないはずだ。

雨妹の怒りがふつふつと湧き上がっているのに気付かず、宦官は気分よく語る。

「しかし勝機が巡ってきた、もうじき私は皇帝となる！　それを歪《ゆが》めた簒奪《さんだつ》者らめ、お前の首が復讐の狼煙《のろし》となるのだ！」

興奮して己に酔っているらしい宦官を、雨妹がギラリと睨みつけた、その時。

ドガァン！

多少の破壊音と共に、部屋の扉が開いたかと思えば。

「よくしゃべる、外まで聞こえた」

片言の言葉を話しながら入ってきたのは、浅黒い肌の異国の男であった。

――え、ダジャさん⁉

驚いたのは、雨妹だけではない。

「なっ、なんだ⁉」

こちらも驚愕《きょうがく》の表情になる宦官にダジャが迫り、素手で襲い掛かると簡単に捻《ひね》り上げた。いくら相手に武の心得がないとはいえ、逃げを打つ間も与えずに素早く、まるで猫のようなしなやかな動きを見せるダジャを、雨妹は呆気《あっけ》にとられて見つめる。

「お前は、ダジャルファード⁉」

宦官を捕らえたダジャを見て、もう一人の男が驚きで固まりつつ目を見開く。

「何故《なぜ》お前が都に、しかもこの宮城にいる⁉　そのような情報はなかった！」

どうやらこの男はダジャを知っているらしいが、ここにいるとは思っていなかったらしい。

——ダジャさんって、一度東国の人たちの手に落ちたんだっけ。

途中までその動向を把握していたけれど、都入りしているとは想像もしていなかったようだ。ということは、東国側は苑州《エン》から都への山越えを不可能な道と判断しており、見張りすらいなかったのかもしれない。雨妹としても、あの山を越えて都に行こうと考えるのは、ちょっとおかしいとは思う。

だがその男はダジャに気を取られている隙に、いつの間にか敵に接近されていることに気付けなかった。

「お前ものん気におしゃべりか、揃《そろ》って楽しそうなことだ」

ヒュン！

「ぐっ！」

そんな声と共に数歩後ずさる男に、攻撃をしかけているのは立彬《リビン》だ。

――助けが来たんだ……！

立彬の姿を目にして、雨妹はやっと理解する。静《ジン》は助けを呼ぶことに成功したのだ。

「その娘に手を出し、許されると思うな」

立彬の鋭い目が男を捉《とら》え、握った棍《こん》を突き出す。

「くそぅ！」

「逃がさん」

悪態をついて逃げようとする男へ、立彬は棍を操り追い詰めていく。

ヒュン、ヒュン！

立彬の棍が風を切る音が鳴り、くるりと回しては繰り出す様子は、まるで踊っているようにも見える。立彬が手にしている武器が剣ではなく、棍であるのが見慣れない気がするが、武器を変えても強いなんて器用な男である。

「しつこい！」

「だからどうした」

敵の男がどうにか隙を突いて逃げようとするのを、立彬が逃がすまいと立ち回る。この男も敵の本拠地に送り込まれるくらいなので、恐らくは東国の中でも凄腕《すごうで》なのだろう。立彬も攻めあぐねているように見えるので、それだけ強敵だということだろう。

――あ、それかもしかして、あの人を生け捕りにしたいとか？

そう考えると、立彬は力加減を見極めているようにも見えてくる。

「手を貸す」

そこへダジャが短く告げると、二人の攻防に割り込んできた。

「ダジャルファード、許さんぞ！」

参戦したダジャへ、男が怒りの目を向ける。

「何故、許しがいる？」

だがこの怒りを、ダジャは無表情に躱《かわ》す。

ダジャはしばらく観察して立彬の攻撃の仕方を覚えたのか、立彬の棍に巻き込まれることなく、敵を捕えようと身体《からだ》をしなやかに動かしていく。ダジャが加わった途端に、男は劣勢となる。

このようにして、雨妹が攻防を見守っていると。

「今解《ほど》く、じっとしていろ」

頭上から声がして、顔を上げると明《ミン》がいた。

――明様までいたのか。

この三人が一緒とは、一体どういう経緯であるのか、雨妹としては気になるところだ。

「ぷはぁ！」

ともあれ、明から拘束を解いてもらえた雨妹は大きく息を吸う。風通しが悪い布で鼻と口を覆われ、実はかなり息苦しかったのだ。

「あ、立彬様は⁉」

雨妹は慌てて立彬に視線を戻すと、男は立彬とダジャの二人がかりには勝てず、捕縛されていた。

「くそぅ！」

再び悪態をつく男を拘束するのに立彬は油断せず、男の衣服や口の中を探り道具をいくつか没収する。確かに最後の破れかぶれでなにかされては、たまったものではない。

そこまで終えて、立彬が雨妹の方を振り返る。

「雨妹、無事か」

いつもの調子で問う立彬に、雨妹は肩からホッと力が抜ける。

「はい、お腹《なか》が空《す》きすぎている以外は無事です！」

雨妹の正直な言葉に、今度は立彬の身体から力が抜けた。

「まったくお前は……。静も言っていたが、食事をする間もなかったらしいな。一応、これだけ掴《つか》んできたぞ」

そう言って立彬が懐から差し出した包みの中身はというと。

「饅頭《まんじゅう》だ！」

とたんに溢れる雨妹の笑顔に、立彬が「しょうのない奴め」とこぼすのだった。

それから雨妹は饅頭を食べながら、明とダジャがこの場にいる経緯を聞かされることとなった。

雨妹が今いる場所は宮城のすぐ近くで、なんと皇太后宮の狭間《はざま》の宮だという。

――なるほど、だから明様とダジャさんが入れているのか！

敷地内に狭間の宮があるのだから、皇太后ともなればそれだけ特別な扱いだということだ。その比較的近くにダジャが滞在する兵舎があり、ダジャが雨妹の声を聞いた気がすると唐突に言い出したというわけだ。ダジャの耳の良さに助けられたのだから、口を塞《ふさ》がれるまで盛大に騒いだ雨妹の行動は、無駄ではなかった。

「かなり東国人に入り込まれ、ここへ来るまでにも幾度か戦闘をした」

しかめ面でそう話す明曰《いわ》く、ここ狭間の宮が東国の密偵の隠れ家と化していたようで、そうなれば百花宮のみならず、宮城側も危ういということだ。そしてその戦闘の途中で明とダジャの二人と、静に助けを求められ雨妹の足取りを辿《たど》っていた立彬が合流したのだという。

戦闘と聞いて、雨妹はとたんに心配になる。

「皆さん、お怪我《けが》などはないですか⁉」

雨妹は立彬や明、ダジャの周りをグルグルと動き、動きに違和感がないかを確かめる。だが動きがおかしい所は見当たらないので、少なくとも大きな怪我などはないのだろう。そう考えてホッと息を吐く雨妹の一方で、明が前もって手を打っていたのか、すぐに宮城側から人が来て、この部屋になだれ込んできた。

一応身動きを封じていた東国の男や宦官《かんがん》を、新たにやって来た兵士たちが拘束し直していく。その様子を横目にしながら、立彬たちが厳しい表情で話をしている。

「皇太后陛下を通して、宮城の動向は東国に筒抜けだったと見るべきでしょうか？」

「まあ陛下とて、皇太后陛下に情報を全て明らかにしたりはしておられないがな」

懸念顔の立彬に、明がそう言って顎《あご》を撫《な》でる。

「だが、ここ最近妙に盛り上がっていた明賢《メイシエン》様の太子の資質を疑問視する意見も、こうなれば怪しく想《おも》えてきます」

「現太子殿下はどちらかというと、戦闘力よりも実務能力に期待を寄せられているお人だ。血気盛んな戦好きの方が、東国は操りやすいだろうなぁ。まあ、あの大偉《ダウェイ》殿下が本当に操りやすいかはおいておくとして、だが。かの殿下の情報は案外少ないので、私も正直どんなお方なのか知らん」

「あの親族ならば子とてどうせ親と同程度の中身だろうと、あちらに思われているのではないですか？」

珍しく立彬の言葉が辛辣《しんらつ》だ。太子が東国から罠《わな》にかけられようとしていたかもしれず、その隙を作ったのが皇太后なのだから、太子の側近として怒りを覚えるのも当然だろう。

そして怒りを覚えているのは、立彬だけではない。

「東国、跡継ぎ問題起こすのが好き、悪趣味！」

そう吐き捨てるように述べたダジャは、非常に嫌そうな顔である。そう言えばダジャも、第二王子と跡取りで揉《も》めたのであったか。真っ当に跡取り争いをするのならばともかく、ちょっかいを出して揉めさせるというのは、確かに悪趣味であろう。

雨妹は黙って立彬たちの話に聞き耳を立てつつ、なんだか暗い雰囲気になってきたのに釣られて、気分が重たくなっているように感じた。そして気分が重いと、不思議と身体も重くなってくる。

――いや、イカンよ！

雨妹はブルブルと顔を振る。気分を暗く沈ませるにはまだ早い。深刻な顔で反省会をするのは、全部が終わってからでもいいはずだ。

「それにしてもダジャさん、武器を持たなくても強いんですね！」

いきなり明るい声で口を挟んできた雨妹に、ダジャは微かに目を見張る。

「鍛えた」

ダジャは照れるわけでもなく、当然だという顔でそう返す。

「それに、そんな遠くまで聞こえるってすごいです！」

「そうか？　不便だが」

それでもめげずに雨妹が続けて褒めると、ダジャからはさして関心のない返答である。

このダジャの耳の良さは相当な特異能力だと思うが、どうも当人はそれをあまり特別なことだと考えている風に見えない。これまで自分でも周囲の者にも、利点だと思われていなかったのかもしれない。

――いやいや、きっとあの護衛さんたちとかだと、すごく欲しい耳のはずだってば！

それに集中力で聞こえを調節できるというのは、きっとすごく訓練したのだろう。恐らくは生活に支障が出るので必要に迫られてであろうが、苦労は苦労だ。

しかし一方で、聞こえというのは目に見えてわかる成果ではないので、余人に評価され辛《づら》いだろうとも思う。仮にダジャが「こういう音が遠くで聞こえた」と申告しても、それを実際に確かめることができない。雨妹の前世と違って便利な電子機器などない世界なのだから、遠くの出来事を一瞬で把握する術《すべ》はないのだ。冗談にとられるか、良くても単に勘が鋭いと思われるのがオチである。

——もったいない、もったいない、もったいない人だよダジャさん！

身体能力的には、きっとどこかの物語で主人公になれるものなのに、環境がそれを生かせていなかったなんて。上手くいっていればもしかすると今頃、どこかで伝説を作っていたかもしれない。今の所伝説になり損ねているダジャに、雨妹は彼を育てた教育係らに、「もったいない育て方をするな！」と説教したくなってきた。

そして願わくば、今後の人生でそんなダジャの能力を生かしてくれる人と出会えるといいなと思う。父あたりはダジャに辛口な評価を持っているようだが、ダジャはまだ年寄りというわけではないし、評価を覆して人生をやり直すことが十分にできるはずだ。

「人生まだまだこれからですよ、ダジャさん！」

「……は？」

「唐突に、なにを言うのかお前は」

雨妹が応援するのに、ダジャがきょとんとした顔になり、こちらの話を聞いていたらしい立彬が呆《あき》れた声をかけてきた。

どうやら雨妹の脳内でのアレコレを飛ばしたせいで、ダジャや立彬から意味不明に思われたようだ。けれどこれに雨妹は「だって！」と言い募る。

「ダジャさんは身体能力的に、これから伝説を作るかもしれないじゃあないですか！　そうなると、私は伝説に出会った女となれるんです、すごくないですか⁉」

「なにがすごいのか、さっぱりわからん」

雨妹の熱弁に、けれど立彬の反応はつれないものだ。

こんな雨妹と立彬のやり取りを、ダジャは目を丸くして眺めていたが、やがて雨妹の方へと向き直る。

「娘、感謝する」

そして、ダジャはそう告げて頭を下げた。

「感謝、ですか？」

なにを感謝されたのかわからず、首を傾《かし》げる雨妹に、ダジャが告げる。

「病の原因。娘、おかげで己を知り、色々考えた」

なるほど、自失病と呼ばれていた国民病についてであるのか。

確かにあれは外からの情報がなく、内に籠《こも》った生活をしていると、気付けないのも無理からぬことだ。そしてダジャ本人も己について、雨妹の説明で思い当たる節があったのかもしれない。

「お役に立てたのならば、なによりです」

雨妹が笑ってそう返すと、ダジャも目を細めた。

それにしても、ダジャはこうして誰かに感謝が出来る人で、けれど同時にあの父が資質に疑問を抱いた人でもある。加えて誇ってもいい所を、取るに足らないことだという態度だ。それが照れではなく本気で言っていそうなのがまた厄介で、どんな性格なのか全く分かり辛い。

――ひょっとして、適切な育て方をされなかったのかなぁ？

ダジャが王子の身分にあった幼少期から、大人に都合のよい育て方をされ、自身で短所も長所も考える機会がなかったならば、ひょっとしてこう育ってしまうのかもしれない。短所を指摘し長所を褒めるのは、人を育てる基本である。短所や長所というものは、案外自分では気付けないものだったりするのだから。

なので、雨妹はとりあえずダジャの長所を推してみた。

「すごく遠くの音が聞こえるって、とても素晴らしい力だと思うんです。きっとダジャさんのその耳が欲しい！　っていう人は、案外世の中に大勢います」

「それはそうだ。本当に聞こえるのであれば、私とてそんな耳が欲しい」

雨妹の推し行為に、なんと立彬が乗ってきた。

「遠くの音が聞こえるならば、情報を集めるのに優位ではないか。兵士であれば重用され、指揮官であれば敵に恐れられる力となるであろう」

「そうですね、情報って大事です。私も食べ歩きをする時に名物の話を聞いて集めたいです！」

「まあ、そういう使い方もある。そうなれば、商人もその耳を欲しいのではないか？」

雨妹と立彬で話が盛り上がっているのに、ダジャが驚いている。

「……そのように、言われた事がない。むしろ、聞き耳が得意は恥」

ぽつりとそう零《こぼ》したダジャを見て、雨妹は立彬と顔を見合わせる。

「誰かが、わざと言ったんですよね？」

雨妹が一応他の者に聞こえないように憚《はばか》ってひそっと話すのに、立彬が渋い顔になる。

「まあ、そうであろうな。特異な才能のある王子など、国を支配したい他者には邪魔だ」

「あぁ～、『お前は無能なんだぞ』っていう洗脳かぁ」

雨妹は納得がいったという顔になる。

なるほど、ダジャのどうにも均衡がとれていない内面は、そうした洗脳教育の後遺症であるのだろう。今になってその洗脳教育が解けかけていると見受けられるが、苑《エン》州でよほど良い出会いをしたのかもしれない。そう考えた雨妹の脳裏に、静《ジン》の双子の弟の宇《ユウ》の名が浮かぶ。

――その宇くんとやらが、なにかしたのかなぁ？

それはあくまで雨妹の想像であるが、たとえそうであるとして。こうした洗脳状態を解くには、かなり強い心理的衝撃をぶつける必要があるだろう。となると、一体どんなことをしたのだろうか？

――「穏やかで優しい宇くん像」っていうのを、抱き辛いんだけれど。

まあ、そんな想像はともかくとして。

「とにかく、すごく聞こえるって、すごい力なんです！　だって、どんなに遠くで悪口を言っていても、聞こえちゃうんですよ？　そんな人がここで宮の主《あるじ》をしていたら、まあ仕える方は恐怖ですよね！」

雨妹の意見に、立彬も頷《うなず》く。

「地獄耳の上司に近付きたくないな。些細《ささい》なことまで粗探しをされて、訓練が辛くなるばかりだ」

「わかります、こっちが忘れた頃になって、ネチネチと言われるんですよね」

雨妹がネチネチしている上司の顔真似《まね》をしてみせる。

「くっ……！」

すると雨妹と立彬の会話を聞いていたダジャが、小さく笑い声を漏らす。

実はこれが、ダジャにとって久しぶりの笑い声であったのだが、そんなことを雨妹が知る由もないのだった。


こんな風に、妙にほのぼのとしていた雨妹であったが。

一方で明《ミン》や兵士たちは、東国の男と宦官の二人の身包《みぐる》みをこの場で剥《は》がし、軽く取り調べを始めていた。この場でやれることをやるらしいのは、移動させている最中に妙な真似をされることを警戒しているのかもしれない。その上皇太后宮で露呈した悪事であり、宮の主が戻れば横槍《よこやり》を入れられるに決まっているので、それを警戒してこの場での調査を急いでいるのだろう。

ともあれ、犯人の二人はなかなかに屈辱的な格好にさせられていて、雨妹は立彬からさり気なく視線を隠される。

——まあ私だって、好みでもない野郎の素っ裸なんて、見たくないからね。

雨妹も素直に隠されつつ、いつになったら戻れるのかと考えていると、バタバタという慌てた足音と共に、外を警戒していたらしい兵士が現れて叫ぶ。

「百花宮側で、火が上がっているぞ！」

「なに⁉」

立彬が顔色を変え、雨妹も「え⁉」と声を漏らす。

「はははは！」

すると身包みを剥がれた宦官《かんがん》が、唐突に奇妙な甲高い笑い声を上げた。

「そうだ、もう計画は止まらぬ。我が望み叶《かな》わぬならば、こんな宮城など火の中へと沈むといい！」

「なんということを……！」

宦官の言葉に、兵士たちが顔を青ざめさせる。

「誰もかれも、火に巻かれて死ぬがいい、ははは……！」

愉快そうに笑う宦官を、兵士たちは恐ろしいものを見るように眺めており、浮足立ってきていた。

この国では火事というのは日常であり、恐ろしい怪物でもあった。火の不始末での出火は厳しく罰せられるし、放火となればさらに重罪だ。さらにはしばらく前の戦乱では、各所で敵襲による火事が頻発した。庶民の家は木造家屋が多いので、一旦《いったん》火事になれば風に乗って飛び火し、あっという間に里全体が燃え尽きる、なんて悲惨なことになってしまった。無事であったのは宮城だけと言ってもいいだろう。

始まりはほんの小さな火であったものが、結果大勢の命と生活を奪う、それが火事というものだ。火事を含めた災害を取り締まる専門の武官も各所にいるが、その対応も火事に追い付いているとは言い難いらしい。そして百花宮で防火の一端を担っているのが、雨妹たち掃除係である。

「いかんな」

場の空気が緊迫している様子に、立彬が小声でそう漏らした、その時。

「ふんだ、火事なんてすぐに消してやるんだから！」

雨妹がそう怒鳴り、ギロリと宦官を睨《にら》む。

「……なんだと？」

これに宦官は笑いを引っ込め不機嫌そうにする。けれど、不機嫌なのはこちらの方だ。

「我々掃除係一同、普段からどれだけ火事対策をしていると思っているんですか？　あんまり舐《な》めたことを言わないでいただきたいですね。馬鹿にするんじゃない、この口だけ野郎が！」

最後の雨妹の腹からの怒声が、空気をビリッと震わせた。

「ひっ……」

これを聞いた宦官はビクリと肩を跳ねさせ、浮足立っていた兵士たちが硬直する。

宦官は百花宮に大勢いるが、雨妹はこの元は皇族だという宦官の、その目が気にくわないったらない。決して「皇帝になるかもしれない」なんていう覇気があるようには到底感じられず、むしろ「自分は悪くない」と言わんばかりの目だ。

「だいたい、皇帝になりたかっただぁ？　そんなもの、なればよかったじゃないのさ！　戦乱の頃だったら、実力があればのし上がれたはずじゃない。それをお膳立《ぜんだ》てがないとできなかったんだから、そっちの実力不足なんだってば！　このへっぽこ野郎が！」

この雨妹の迫力に、その宦官は先程の勢いはどこに行ったのか、ガタガタと震え出した。

——ちょっと強く当たっただけでそれなの？

そんなもので「皇帝になるのだ」なんて言うなんて、ちゃんちゃらおかしいというものだろうに。

鼻に皺《しわ》を寄せている雨妹に、立彬はゆっくりと動いて「落ち着け」と肩を叩《たた》く。

「相変わらず、なんという威圧感か」

そして明は顔を強張《こわば》らせながら、そっと息を吐くのだった。

その後、雨妹はもうこの宦官の相手をする時間も惜しいとばかりに、外が見える場所まで飛び出す。

回廊まで来ると、空に立ち上る黒い煙が見える。しかもあちらこちらから立ち上っていて、同時多発的に火事が発生しているようだ。更に派手な破裂音らしき音が聞こえてくるので、もしかするとこの火事の火元は火薬かもしれない。

「けど、大きな火は見えない……」

雨妹は見える範囲を一つ一つ確かめていく。まだ大丈夫、消火が間に合えば大火は免れるかもしれない。雨妹はそう自分に言い聞かせると、再び駆けだそうとしたのだが。

「雨妹、少々待て」

追いかけてきた立彬が声をかけてきた。立彬の後ろには明やダジャもいて、険しい様子で煙を眺めている。

「火が出ているならば、その髪をまとめておかないと危ない」

そう述べた立彬が手に握っているのは、見覚えのある簪《かんざし》だった。

「あ、私の簪！」

恐らく襲われた現場で落としたのであろう簪が、何故か立彬の手に納まっているではないか。どうしてだろう？　という疑問が顔に出ていたのであろう、立彬が教えてくれる。

「これは、静がいつの間にか握っていたそうだ」

そう話しながら、立彬は雨妹のボサボサの髪を手櫛《てくし》で整えていく。

「これも、縁起の悪い簪となったか」

最後に簪を挿して髪をまとめながらボソリと零す立彬に、雨妹は後ろを振り向けない状態ながら、

「いいえ」と否定してにへらっと笑う。

「こうして皆さんが助けに来てくれたので、これは幸運の簪です！」

「……なるほど」

立彬が微かに目を細めた様子は、雨妹には見えなかった。

――よし、なんか元気が出たかも！

むん！　と拳《こぶし》を握って気合を入れる雨妹は、まず静と合流しようと考える。あんな別れ方をしたのだから、きっと心配しているに違いない。

「静静《ジンジン》は、太子宮にいるんですよね？」

雨妹が確認するのに、立彬が頷く。

「ああ、身柄を恩淑妃《エン》が預かっておられる。あちらの煙は太子宮に近い、怪我人がいないといいが」

立彬は太子宮の方向を見て、不安を口にする。

それにしても、雨妹もまさか静が太子宮に助けを求めに行くとは思わなかった。てっきり楊《ヤン》か、

美娜《メイナ》あたりを頼るとばかり考えていたのに。その上あの沈《シエン》と一緒にいたお付きが、立彬の友人の謎《ミイ》だったとは。雨妹は彼の存在に全く気付かなかったのだが、さすがはその道の玄人といったところか。それに、この出会いが静を、そして雨妹を救ってくれたのだ。

──うん、こんな事態になっていても、運が味方をしている！

ならば雨妹はその運を手放さないように、せいぜい足掻《あが》くだけだ。

「よし、じゃあまず向かうは太子宮ですね！」

「私はここまでだ」

行くべき場所を定めた雨妹に、明が声をかけてきた。

「いくら火事だとしても、狭間の宮の向こうへ行くには手順を踏まなければならない。それにこちらでも宮城に火が移らないように、警戒する必要がある」

明が悔しそうにするもののそう述べた後で、ダジャが一歩進み出る。

「私、行きたい、ネファルはきっとあそこ。逃がした、私の罪！」

真剣な表情で訴えるダジャに、雨妹と立彬は顔を見合わせる。

どうやらネファルとは、把《ハ》国を混乱に陥れた張本人の一人であるようだし、そのような者を放置しておけば、きっとまたなにかの害をまき散らすことだろう。

──それに、相当自分本位の人っぽいし。

この自分本位具合と、それを向けられる相手の、両者の意思の方向性が同じ方向である時には、あまりそう大きな問題にはならない。けれどそれが噛《か》み合わなくなれば途端に、「可愛《かわい》さ余って憎さ百倍」みたいになるのだ。そして今のネファルはきっと、この「憎さ百倍」状態なのだろう。こういう人物は関わりを持つと、一番厄介な質かもしれない。

――ダジャさんって故郷にいた時、人の出会いに恵まれていなかったのかなぁ？

それに、どうやら相当窮屈な立場であったようであるし。雨妹が生まれたのがもし把国であったならば、窮屈すぎて鬱憤《うっぷん》を爆発させていたことだろう。

雨妹が同情の視線を向ける隣で、立彬が思案している。

「人探しとなれば、その耳が生きるか」

立彬がそう呟《つぶや》く。

きっとこの火事で色々な人たちがてんやわんやしていることだろうし、人探しを他人任せにできる状態ではない。つまり、探すならば自分でした方がいいということだ。

「できるだけ身を隠して共に来い」

立彬がそう告げたことで、ダジャは身を外套《がいとう》ですっぽりと隠し、雨妹たちに同行することになった。


こうして雨妹たち三人は、無言で太子宮への道を駆け急ぐ。

あちらこちらが大混乱で、馬や軒車を使うよりも走った方が早い。だがそれにしても、「太子宮とはこんなに遠かっただろうか？」と、雨妹はその道のりがいつもよりも長く思えた。

その途中、雨妹の同僚の掃除係が数人ごとに纏《まと》まって、あちらこちらに駆けていく姿が見えた。

「アンタらはどこに行く⁉」

「あっちだ！」

「こっちはそっちの方！」

「わかった！」

そのように短く言葉を交わして、互いに散っていく。

百花宮で火事対策をしているのは掃除係であり、班長達は燃えやすい場所がどこかなどということを知り尽くしている。それに駆けまわる掃除係一行の中に、李梅《リー・メイ》の姿もあった。あの仕事をしないことで有名な梅であっても、火事はまた別ということだろう。

――それにしてもあの宦官、人でなしめぇ！

雨妹の腹の底で、怒りがふつふつと煮えたぎっている。よりによって、復讐《ふくしゅう》のために火事を起こすとは、許せるはずもない。

皇太后なり皇帝なりに恨みがあるならば、直接本人にその恨みをぶつければよかったのだ。なのに、火事という不特定多数を巻き込む手段を取るなんて。東国に踊らされたにしても、どういう事になるのか想像できなかったのか？　きっとそのように歪《ゆが》んだ恨みで視野が狭くなっているところへ、東国が付け入ったのだろう。

このように雨妹は心の中で憤然とした気持ちをくすぶらせながら、とにかく走る。

そして太子宮に到着した途端、そんな雨妹の視界に飛び込んできた光景はというと。

「庭園が……」

雨妹の口から思わず言葉が零れる。奥の方で煙が立ち上がり、花が咲き誇っていた庭園が燃えていた。

「えいっ！」

そしてその庭園の庭木の枝を、バッキバッキと豪快にへし折っていく静《ジン》の姿があった。

――よかった、静静は無事だった！

安堵《あんど》する雨妹の一方で。

「花の枝を折るなんて、乱暴な……！」

青い顔でオロオロすることしかできないでいる女官が、鬼気迫る様子で枝を折る静を見て、批難する声が聞こえる。けれど静がその女官に向かって、すぐさま噛みつくように叫ぶ。

「だって、こうしないとあっちの火が燃え移っちゃうかもしれないじゃないか！　あと、ここでそんなヒラヒラした格好でボーッと突っ立っていたら、火の粉が飛んできて燃えちゃうよ！」

静の反論に、女官は「ひっ！」と短く悲鳴を上げると、屋根のある方へと逃げる。

よく見れば地面に煙をくすぶらせる枝がバラバラと落ちており、これはどうやら静以外にも、あちらの方に見える庭師が、一部燃えた木の枝を切り落としたもののようだ。静は庭師を手伝い、風が通る辺りの枝を落としているのだろう。燃えていない部分を守れば、木もまた花を咲かせるかもしれない。

そして火が強い辺りで燃え盛る木には、大勢で懸命に水をかけて火を消そうとしている様子が見られた。

そうこうしていると、風で飛んできた火の粉が草の上に落ちて、そのあたりがブスブスと燃え始める。

「あ！」

これに気付いた静が、慌ててそこいらのなにかを入れていた壺《つぼ》を被《かぶ》せた。

そんな静の奮闘を、恩淑妃がお付きによって火の粉から守られつつも遠目に見守り、他にも壺を探す静のために、そのあたりの壺の中身を空けさせている。

「火に、壺を被せればいいの？」

壺を受け取りにきたところへ尋ねる恩淑妃に、静が答える。

「あのね、小さい火はとりあえず壺を被せておけって、班長っていう人の誰かが言っていたよ」

――よく覚えていたなぁ！

頑張る静の姿が誇らしくて、様々な悪意に直面して冷えていた雨妹の心の奥が、じんわりと温かくなってくる。

「静静！」

雨妹が大声で呼ぶと、静はきょとんとした顔になった後、目にぶわっと涙を溜《た》めて、こちらに駆けてきた。

「雨妹ぃ～！」

そして体当たりをする勢いで、雨妹へ突撃してくる。

「あぁ～、生きていたぁ！」

「こらこら、私を勝手に死なせないの」

そう言って肩に泣き顔を押し付けてくる静の頭を、雨妹は苦笑を漏らしつつもヨシヨシと撫《な》でると、静の服がしっとりと濡《ぬ》れており、ところどころに焦げができていることに気付く。

「静静、火を消すのを手伝っていたんだね」

雨妹がそう言うと、静が「ん！」と頷《うなず》いた。

「教わったもの、だから私にだってできる！」

「偉いぞぉ～！　そうだよ、火事を消すのは、私たち掃除係のお仕事なんだから！」

雨妹が感激のあまり、抱きしめてギュムギュムとすると、静が「へへ」と笑いを零す。

そんな雨妹たちを見守る視線に、やがて静が気付く。

「あれ、そっちはダジャ!?」

驚いて目を丸くする静に、雨妹は小声で「静静、シィーッ！」と言い聞かせる。

「あ、そっか。入っちゃいけないから……わかった、シィーッ、だね！」

静もダジャは本来ここにいてはいけないのだと思い出したようで、雨妹にそう返してから、改めてダジャを見た。

「無事、よかった」

「そっちこそね！」

小声で告げたダジャに静もニヤッと笑みを見せるのが、やはり都まで共に旅をした同士といった風である。

このような状況ながら静とダジャが再会を喜んでいるところへ、鋭い声が響いた。

「落ち着いて行動しなさい！　下手に火を扇《あお》いで大きくしないように！　幸いなことに、火は建物には届いていない！」

現れたのは太子であり、厳しい表情で突然の火事に浮足立つ者たちを鎮めている。

「明賢様！」

立彬が声をかければ、太子がその姿を見てホッとした顔になる。

「戻ってくれてよかった、雨妹も無事だね？」

「はい、この通りピンピンしています！」

こちらにも声をかけてきた太子に、雨妹はニカッと笑みを返すと、太子は目を細めて小さく頷く。

太子が現れたと同時に火事を消すための人手も増えて、見える範囲の小火《ぼや》は消されていく。まだ油断はできないものの、大火になる火種はなんとかできていると思っていいだろう。

そしてとりあえず話をしたいが、そのために火の粉が避けられる場所に行こうとなり、風上の方の屋根の下へと移動する。

そこへは先客として恩《エン》淑妃がいた。

「雨妹、無事でいらしたのね」

「恩淑妃！　後輩の身をお預かり下さり、感謝いたします」

こちらに近寄ってきた恩淑妃に、雨妹は礼の姿勢を取る。

「あのね、お茶とお菓子を貰《もら》ったの」

「それは、本当にありがとうございます。良かったね、静静《ジンジン》」

静がそう言い添えたので、雨妹はもう一度礼を述べた。

「ふふ、わたくし、あなたの役に立てたのね」

これに、恩淑妃が微笑《ほほえ》む。

「でもあそこ、せっかく綺麗《きれい》なお花だったのに、燃えちゃったんだね……」

けれどふと庭園を見た静がしょんぼりと呟くのに、恩淑妃も悲しそうな顔になる。

「ええ、せっかく庭師たちが綺麗に育ててくれた庭でしたのに」

このように、静と恩淑妃がふたりでしょんぼりとしてしまう。

静の育った苑《エン》州では緑が少ないと聞くので、花なんて滅多に見られなかったのだろう。燃えてしまって憐《あわ》れな姿を晒《さら》す花たちに、静が悲しそうな視線を向けると、雨妹はその頭を撫でて慰める。

すると、太子が静と恩淑妃を交互に見やった。

「優しい娘たちだ。花は、まだ生きている部分を育てれば、いずれまた咲くだろう。けれど、花の美しさを惜しんでくれたその気持ちを、私は嬉《うれ》しく思う」

太子がそう話したのに、静は目をパチパチとさせる。

「そうだよ、百花宮の庭師さんはすごいんだから、きっとまた綺麗な花を咲かせてくれるって」

「……うん」

雨妹も重ねてそう語ると、静は少し安心したようだ。

「そうですわね、人が無事だったことを、まず喜ばなければ」

恩淑妃も気持ちを持ち直したように、そう述べると、静と目を合わせて「ふふっ」と笑う。

それにしても、妙に打ち解けている静と恩淑妃だが、思えばこの二人は年頃も近い。短い時間ながら、案外気が合ったのだろうか？

――そうだよね、静って実は、恩淑妃の友人として身分が釣り合うんだものね。

混乱の中での出会いに、雨妹は微笑ましい気持ちになるのだった。

このように、多少和らいだ雰囲気になったところへ、立彬が口を挟む。

「建物に引火していないのですか？」

周囲の状況を観察する立彬に、太子が答える。

「ああ、どうやら遠くから火薬を投げ込んで火をつけたらしいが、さすがに建物へ不審物を届かせるほど、こちらも馬鹿ではない。建物で燃えたのは、ほんの一部の壁程度だ」

なるほど、放火のやり方が雑だったので、ある程度防ぐことは成功したということだろう。いや、むしろそんな雑な放火であれば、あの護衛の人たちならば完全に防ぐことが出来そうなものだ。それが出来なかったのは、あの護衛の人たちも動きを邪魔されている、ということかもしれない。

――けどこの広い百花宮全部を守るって、相当大変だものねぇ。

防衛とは難しいものなのだと、雨妹は改めて思い知らされる。

それにしてもあの宦官《かんがん》たちのやり口といい、色々なことが雑に思えるのは、東国側の人材不足なのか、はたまた皇帝側が上手《うわて》だったのか？　どっちにせよ、追い詰められた人間はなにをするかわからない。

――もう後がないってなった人って、破れかぶれでトンデモ行動をしちゃうもんねぇ。

雨妹とて前世ではこうした荒事ではなかったものの、そうした場面に遭遇したことがしばしばあった。特に病院勤めという仕事は色々と心労が大きい職場であったので、心労を溜め込んだ末の爆発は色々な事件を起こしたものだ。

そんなことを考える雨妹の一方で。

太子は雨妹たちの背後にいる外套《がいとう》で身を隠した人物――ダジャが気になるらしく、しきりに視線を向けている。だがダジャはその視線から逃れるかのように、スウッと一歩下がり、無言を貫く。

ダジャは太子の身分を察しているのだろうが、なにしろこっそりついてきた身であるので、当然挨拶《あいさつ》なんてするわけにはいかない。そのダジャを連れてきた雨妹にも視線を向けられるのだが、太子側に情報を与えないようにしていたので、こちらとしても若干気まずい。

しばし雨妹とダジャと太子の三者で、だんまり大会となっていたが。

「はぁ～」

太子が大きく息を吐く。どうやら太子は、ダジャについて追及したい気持ちを一旦《いったん》諦《あきら》めてくれたようだ。

次いで、再び雨妹の方を見た。

「雨妹、火事は恐らく対処可能だ。君は陳《チエン》先生の所へ行ってやりなさい。あちらもきっと大変だろう」

確かに、火事は思ったよりも小さな規模で治まっており、このまま油断せずに消火活動をすれば、どこもやがて鎮火するだろう。けれど火事などでの怪我人は、これから増えていくはずだ。

「わかりました、医局へ行ってみます」

雨妹は太子にそう答える。

「なにがどうなっているのかわからぬ故、危険の把握が難しい。重々に気をつけろ」

続けて立彬が厳しい顔で忠告してくるのは、立彬自身は雨妹とこの先を同行できないからなのだろう。雨妹としてもさすがにこの混乱の最中《さなか》、これ以上立彬を太子から借りっぱなしでいるわけにはいかない。

「はい、注意します」

これにも雨妹がそう答えるが、内心では先程襲われたばかりでもあるし、不安を抱えていたところ。

「危険、私も行く」

背後から小さくダジャが告げた。

雨妹はダジャの強さをこの目で見たので、彼が一緒に来てくれるのは心強い。静《ジン》も一緒に居られるのが嬉しいのか、ダジャの外套をクイクイと引くのに、ダジャはその肩を叩《たた》いて返す。

立彬もダジャが同行することで、ある程度の安心感を得られたのだろう、若干表情を和らげる。

「どうか、くれぐれもこの娘を頼む」

そして立彬はそう言って、持っていた棍を丸腰のダジャに渡す。

「……わかった」

ダジャは棍を受け取ると、強い決意を感じさせる目で立彬に向かって頷いた。

というわけで、雨妹は太子宮に来たばかりで、またまた移動だ。


こうして急いで向かうと、医局にはやはりというか、続々と怪我人が運ばれてきていた。

医局の建物周辺に大勢が直《じか》に地面に転がり、痛みに呻《うめ》いている様子を見て、ダジャが思わずといった様子で呟《つぶや》く。

「これは、酷《ひど》い」

「雨妹……」

そのダジャの隣で、静が青白い顔で不安そうにしている。恐らくは、これほど大勢の怪我人を見たことがないのだろう。ダジャの方は軍にいたというくらいだから、ある程度怪我人を見慣れているのか、静ほど動揺した様子ではない。

雨妹は静の頭を撫でてから、患者らの様子を観察する。

――陳先生、手が回っていないんだ。

けれど重傷者はそう多そうに見えないので、別に集められているのだろうか？　その状況を確かめるべく、雨妹は静とダジャに外で待ってもらい、医局の建物へと入る。

すると中は予想通り、てんやわんやといった様子であった。

いつも雨妹が訪ねる時は、陳が一人でのんびりと薬を作っていたりするのだが、今は陳以外にもう一人、陳の非番の際に勤めている老医師までもがいて、医官付きの女官であろう女性もバタバタとしている。

そして案の定、ここに重傷者が集められていた。どれも重度の火傷《やけど》の症状で、治療に成功したとしても、恐らくは火傷の痕が残るであろうと思われた。

「陳先生！　太子殿下のお言葉により、手伝いに参りました！」

雨妹はそんな忙しそうな中へ声をかけると、陳が処置をしている最中の手元から顔を上げた。

「雨妹か、助かった！」

雨妹の姿を見た陳が、あからさまにホッとした顔になる。

「外の患者の手当ては出来るか？　そちらまで手が回らんのだ！」

「やります！」

陳の頼みに即答した雨妹に、老医師の方もちらりと視線を寄越《よこ》してくる。

「道具はそこのものを、適当に持って行け」

老医師の方から顎《あご》で指示され、雨妹は頷いて布や包帯、あとはたくさんの桶《おけ》を持って再び外へと出た。

外へ出て改めて患者たちを観察すると、火傷と裂傷の患者がいるようだ。火薬が爆発したことを考えると、この二つの怪我が主なのは当然だろう。

――火傷は、とにかく冷やすことが先決！

雨妹は即座に判断して、声を張り上げる。

「火傷をした人は井戸の近くへ！　治療のために、とにかく火傷を冷やしましょう！　静静、動けない人を手伝ってやって」

「う、うん！」

大勢の火傷患者に慄《おのの》いていた静であったが、雨妹が声をかけると、気合を入れた目で頷《うなず》く。そして雨妹の言葉を聞いた火傷患者はのろのろと立ち上がり、静やダジャ、比較的軽傷な者たちに助けられながら、井戸端へと移動していく。患者たちはこれまで放置されていた状態だったので不安だったのだろう、見捨てられていないとわかり、安堵《あんど》した顔をしていた。

「どんどん水を汲《く》むので、痛みがなくなるまで冷やしてください。水は火傷に直接ではなく、ちょっと上からかけていくように」

雨妹が治療方法を告げると、患者は水を求めて桶に群がる。その桶へダジャに井戸から水を汲んでもらい、どんどんと行き渡らせる。火傷の範囲が広い患者には、井戸端に大きめの桶が置いてあったので、その桶へたっぷりと水を張り、そこへ直に浸《つ》かってもらう。

こうして冷やす際、衣服の下の火傷の場合は脱がないで、衣服の上から水をかけるように言い聞かせる。でないと、火傷の傷が衣服にくっついて剥《は》がれてしまい、症状が悪化してしまうのだ。

火薬の爆風で飛んできた物で怪我をした患者は、雨妹が手当をしていく。

こうして患者を診ていて、雨妹が気付いたのは。

――上位の宮の人が多いな。

中でも、皇太后宮や皇后宮の宮女が特に多かった。宮女などはお仕着せの柄でわかるようになっているので、所属が知れるのだ。

皇太后宮や皇后宮は、宮城に近い宮であるので狙われた、ということもあるのだろう。けれど今回雨妹が攫《さら》われたのは皇太后宮だし、今の雨妹の脳裏には、「証拠隠滅」という言葉が思い浮かぶ。

先だってのケシ汁騒ぎで、皇后宮は汚染が酷かったはずだ。

雨妹がそんなことを考えつつ、どんどんと処置をしていた、その時。

「全員、伏せろ！」

ダジャの怒声が響いた、その直後。

ドガァン……！

「ぎゃっ⁉」

案外近くの場所から爆音が響き、静や患者たちが恐怖で悲鳴を上げる。

「どこかで、自爆した」

「自爆⁉」

ダジャが告げた内容に、雨妹はギョッとする。火事は火薬によるものだというだけではなく、まさか自爆とは。

以前にも、この後宮へ忍び込んでいた東国人の密偵らしき人物が、自爆する瞬間に出くわしたことがある。その時は一緒に居た美蘭《メイラン》の忠告で、立彬共々最悪の事態を免れたのであったか。あの時美蘭も言っていたのだが、まさか本当に自爆なんていうことを、戦闘の常套手段《じょうとうしゅだん》にしているだなんて。

「そんな、命を粗末にするようなことを……！」

ぐっと唇をかみしめる雨妹に、ダジャが棍を握って周囲を警戒しつつ、述べるのは。

「東国人、必死。戻れば殺される。ここで死ぬも同じ、憐れ。その恐怖による必死さが、東国の強さ」

ダジャのこの言葉は、生まれ育った国を攻められた怒りと、これまで見てきた東国兵への同情とが、複雑に混ざったものであるように聞こえた。東国兵はここで少しでも勝利の証――崔《サイ》国へ被害を与えた証拠を残さなければ、国にいる家族に害が及ぶのかもしれない。つくづく戦とは、このように命の重さを軽くしてしまうものなのだ。

それが身をもってわかっているからなのだろう。皇帝――あの父は、決して安易に戦《いくさ》を選ばない。苑《エン》州への進軍を宣言しても、未《いま》だ積極的に動きを見せないのは、最後まで別の方法を模索しているからだと、雨妹は思う。その父の行動は、弱さなどではないはずだ。

「強さとは、命を尊ぶ先にあるものです。己の命すら軽んじて玩《もてあそ》ぶものが、強さであるものですか！」

そう語る雨妹の青い目に込められた力強さに、ダジャが微かに目を見張ってから、小さく頷く。

「……私も、あれは好かない」

そしてそう零した後、ダジャが数歩移動して握っていた棍をブン！　と振る。

パァン！

すると棍の先になにかが当たったかと思ったら、
ドガァン！

間近で爆発音が響く。

「うひゃっ⁉」

今度は先程よりも近い距離での爆発だったので、爆風が雨妹の全身に吹き付ける。

いや、それよりもだ。

――え、今のってひょっとして、ダジャさんが爆弾を打ち返したの⁉

雨妹はこれにびっくりだ。幸いなのは、打ち返した物がなにもない空中で爆発したことで、これはもしや、ダジャが狙って飛ばしたのだろうか？　だとすれば、案外器用な男である。

というか、こんなに強い人をわざわざ追放するとか、把《ハ》国は馬鹿ではないかと、雨妹としては思ってしまう。いや、強いからこそ誰かが目障りに感じて周到に罠《わな》にかけ、追い出した可能性もある。

なにはともあれ、この場にいるのは怪我人ばかりなので、危ないから逃げようにも、速やかにとはいかない。となれば、ダジャが頑張ってくれている間に、他の人が早く応援に来てくれることを願うしかないだろう。

それにダジャや静がここにいるのだから、どこかにあの護衛の人もいるはずだ。雨妹の移動中に何事もなかったのは、きっと護衛の人が守ってくれていたからだろう。今のは、たまたまそれをすり抜けてきたのを、ダジャが対処してくれたのだ。

誰もが皆、最悪の結果にならないように頑張っている。

「落ち着きましょう、助けはすぐに来ますから！」

雨妹は爆発音に怯《おび》える静を抱きしめ、患者たちに胸を張って告げる。怯えは怯えを呼ぶので、ここで雨妹が不安そうな顔をしてはいけない。

こうして雨妹が強い気持ちを維持しようと己を奮い立たせていると、ダジャが棍でまたなにかを弾《はじ》き返す。今度は軽い音と共に、短剣が地面に刺さった。

『鬱陶《うっとう》しい、わかっているぞ、姿を現せネファル！』

ダジャが把国語で叫び、睨《にら》む先に姿を現したのは、ダジャと似た風貌《ふうぼう》の、浅黒い肌の男であった。恐らくは彼が、ダジャの話にあったネファルなのだろう。

『もっと騒がせるかと思えば、役に立たない東国人め』

そのネファルが把国語で眉《まゆ》をひそめて吐き捨てると、唇をペロリと舐《な》める。

『だがもうどうでもよい、さあダジャルファード様、共に行きましょう！』

そして笑みを浮かべ、ダジャへと襲い掛かる。いや、ダジャへというよりも、ダジャが庇《かば》っている雨妹たちへ、という方が正しい。ネファルの目線が雨妹や静へと向いているのを感じるのだ。ダジャが守っている弱者を枷《かせ》としたいのだろうが、それらの攻撃にダジャが立ちはだかり、全て受け流す。

――私は、こういう時は変に動かない！

妙にウロウロした方がダジャも守りにくいだろうし、自衛能力がほぼ皆無な雨妹は、自分が守られていることを信じるしかない。

「頑張れ、ダジャさん！」

「……っそうだよダジャ、そんな奴ボコボコにしちゃえ！」

雨妹の声援を聞いて、怯えていた静もハッと思い出したようにダジャを応援する。

「言われるまでもない」

ダジャは口の端を上げて雨妹と静に応じ、棍をくるりと回してネファルへと飛び掛かる。

立彬の棍捌《さば》きも凄《すご》いと思ったものだが、ダジャもまるで己の手足が伸びたかのように、自在に棍を操り、突き、払い飛ばす。しかも身体の使い方が立彬と違う気がするのは、あれが把国流の体術なのだろう。

大勢を守りながら戦うダジャは、恐らくは形勢的には圧倒的に不利に違いない。しかしそうした不利を感じさせない身体捌きや表情は、周囲に不安を感じさせないものだ。ダジャにそれが出来る理由を、雨妹はハッと思い至った。

——そうか、あの人は王子だから、負けそうって思わせたらダメなのか。

皇帝もそうだが、国の先頭に立つ者が常に心掛けるのは、後に続く者を不安にさせないことだろう。ダジャには未だに、その意識が染みついているのかもしれない。それはすなわち、ダジャがそうあるために長い間鍛錬してきた証ともとれる。

奴隷の身に堕とされ、苦難を強いられたであろうダジャだけれども、それまでの積み重ねは彼を裏切らないのだ。

「ダジャ、なんだか生き生きしているみたい」

戦うダジャを見守る静がボソリと呟く。

「そうなの？」

目を丸くして問う雨妹に、静《ジン》が「うん」と頷く。

「ダジャは昔すっごく嫌ぁな姫様からすっごくいじめられて、しょんぼりになって、ちょっぴり女の人が嫌いになっちゃったんだって、宇《ユウ》が言っていた。だから態度がひねくれているんだよ。けどダジャがあんなに元気になったなら、色々ダジャのことを考えていた宇もきっと嬉《うれ》しいね」

静が思い出しながら教えてくれたことを、雨妹はよくよく考える。

王子が奴隷に堕とされるとは、存在を全否定されるようなものだ。そのような目に遭ったのだから、立ち直るのは簡単なことではない。その上どうやら厄介な相手から陥れられたらしい。そんな風に心を病んだ人にやる気を出させるのは、相当難儀だろうに、こうやって静と共に山越えして都へとやってきたわけで。

——ねえ、宇くんとやらは、本当に一体なにをしたの？

雨妹としても、少々どころではなく気になるところである。

それに静は都に着いた当初、男性に見えるような格好をしていた。あれは暴漢対策もあるのだろうが、もしやダジャの女嫌い対策でもあったのだろうか？　しかし、これを当人たちに確認するのも憚《はばか》られるので、あくまで雨妹の想像に留《とど》めておくが。

こうして雨妹と静がそんな会話をしている間にも、事態は進む。

ダジャとネファルの争いは、ネファルが次第に焦《じ》れてきたようだ。

『我が君、何故それほどまで抵抗なさるのか⁉』

『いい加減にしろネファル、破滅の道なら己一人で勝手に往《ゆ》け！　新たな道を往く我らを巻き込むな！』
必死に訴えるネファルに、ダジャが怒声で叩《たた》き返す。
『新たな道など……我が君が変わるなど、許せるものか！』
ネファルの目が憎しみで染まり、その目が雨妹と静に向けられる。
『あ奴らが、我が君を堕落させた悪！』
雨妹たちへ攻撃しようとするネファルの前へ、ダジャが何度目かに立ちはだかった。
その時——
ぐんっ！
何故か、ネファルが微かに体勢を崩した。そしてその隙を逃すダジャではない。
『仕舞いだ！』
棍を操りネファルを地面に落としてその上に飛び乗り、身体を拘束する。
『せめてもの情けよ』
ダジャの小さな呟《つぶや》きを拾ったネファルが微かに見上げた、その次の瞬間。
ガリン！
奇妙な音が鳴り、ネファルの首があり得ない方向へと曲がったのが見えた。
「……！」
ダジャがネファルの首の骨を折ったと知り、雨妹は思わず静の頭を肩口に抱え込む。
——終わった、のかな？

雨妹がホッと安堵の息を吐こうとした時、ダジャはネファルの傍《そば》から飛《と》び退《の》き、棍を思いっきりどこかへと振り投げる。

「グアッ……！」

勢いの乗ったその棍が突き飛ばしたのは、潜んでいた覆面姿であった。恐らくは東国の手の者だろう。その東国人は、ダジャの棍で動きを止められたものの、まだ動けるのかこちらへ寄ってこようとする。

東国人たちは、自爆で火事を仕掛けているのだったか。

このままでは大勢の中で自爆されてしまう、と誰もが危機感を抱き、恐怖の悲鳴が空気を震わせる。

「くっ……！」

ダジャは完全に意識を刈り損ねたその男に飛び掛かり、せめて被害を抑えられる場所へ連れて行こうと駆け出す。だがそれは、ダジャも諸共《もろとも》に自爆させられるということでもある。

「ダジャぁ⁉」

静が悲鳴交じりに呼び掛けるが、ダジャは足を止めない。

しかし——

ヒュン！

小さく風を切る音が聞こえたかと思ったら、自爆しようとした東国人は一人、なにかに引っ張られるように高く宙を舞う。

ドガァン！

そして、なにもない所で爆発した。

──なに、今、なにが起きたの？

短時間に色々なことが目まぐるしく起きたため、雨妹は頭の中がついて行かず、呆然《ぼうぜん》としてしまう。

「何者⁉」

一方で、冷静であったダジャが誰何《すいか》を叫ぶ。

「おお怖い！　こちらは味方ですぜ」

これに対してそう声を上げながら姿を現したのは、ひょろりとしたどこにでもいそうな男であった。けれどその立ち振る舞いは、どこかあの護衛の人のものに似ているように、雨妹には感じられた。

「着いて早々に皇帝陛下に命じられて、急いで助けに来たんですから、そう怖い顔で迎えないでくだせぇよ。それにしてもさすがは『冷徹の黒豹《くろひょう》』、いい腕をしていらっしゃる」

「……なに？」

まくしたてるように話すこの男に、ダジャがきょとんとしているのが、遠目にもわかる。

──とりあえず、もう安心ってことでいいの？

しばし待ってみたがなにも起こらないので、雨妹と静はダジャに駆け寄った。

「ダジャさん、怪我はないですか⁉」

「痛いところないっ⁉」

「なにも、無事」

雨妹と静が二人がかりで詰め寄るのに、ダジャはいたって平気そうに返す。本当にどうもないらしく、頑丈な男だ。それがわかって雨妹が静と顔を見合わせ、ホッとしていると。

「片付いたのか？　飛《フェイ》よ」

またもや新たに誰かが現れた。

けれどこの場に響いたそう大きくもない声に、雨妹はピキリと背筋を強張らせる。一度しか聞いた覚えがない、しかしあの忌まわしい記憶と共に、耳の奥に刻まれた声でもあった。

――もしかして……。

雨妹は「見たくない！」と主張する身体をギギギ、とぎこちない動きでなんとか動かし、声のする方へと視線を向ける。

するとそこにいたのは、ゆったりとした足取りでこちらへと歩いてくる二人連れであった。身なりの良い男と宮女で、男の方は明らかに皇族らしい格好をしており、青い目がその証であろう。

そしてなにより、雨妹はこの男の顔に見覚えがあった。

「大偉《ダウェイ》皇子……！」

まさかの再会に、雨妹は不敬も忘れて立ち尽くす。

――なに、この人って花の宴には来ないんじゃなかったの、楊おばさぁん⁉

心の中で悲鳴交じりの愚痴を零す雨妹の存在に、あちらもすぐに気付いたようで、大偉の口元が弧を描く。

「おお、我に髪を捧《ささ》げる予定の娘よ」

「はぁあ⁉」

うっとりとした顔で、こちらの予定には全く記されていないことをしれっと言ってくる大偉を、雨妹は嫌悪感で反射的にギロッと睨む。もう皇子への不敬なんてどうでもいいという気分である。

「はぁ、またこのお人は……」

雨妹の様子を見て、何故か先程の男――どうやら名を飛というらしい彼が、疲れたようにため息を漏らす。

「そういう気配りのないことを言う男って、嫌われると僕思うなぁ」

隣で大偉に向かってそんなことを述べる豪胆な宮女は、よく見れば静にそっくりではないか。

「宇⁉」

するとここで静の驚きの声が上がり、そのそっくりな宮女の下へと駆けていく。

「僕の最愛！」

そのそっくり宮女が、両手を広げて静を受け止めた。

「宇、びっくりした、びっくりしたぁ～！」

そんなことを言う静に、そっくり宮女がぎゅっと抱き着く。

「静静《ジンジン》、そんな可愛い姿をしていたら、閉じ込めたくなるじゃないかぁ！」

満面の笑みを浮かべるあの宮女が、なんと宇だという。確かに双子らしいそっくり具合だが、宇は弟だったはずだ。百花宮へ忍び込むために、女装しているのだろう。それによく見ると、宇の方が静よりも背が低い。双子といえども、やはり子供の頃は女児の方が成長は早いのか。

このように場がだんだんと混乱してきて、収拾がつかなくなっていたのだが。

「雨妹、無事かぁ⁉」

陳の声が響き、外の物音が止《や》んだところで様子を見にきたようだ。

ここで、雨妹はそもそもの仕事を思い出す。

「そうだよ、まだ治療の途中だった！　陳先生、ここにいます！　皆さん、大丈夫でしたか⁉」

使命感が金縛り状態から解放させて、雨妹は井戸端に固まったままの患者たちの下へと駆け戻った。

「あ、私も！」

続いて静もハッとなり、宇を振りほどいて雨妹の後を追う。

結果として、大偉は雨妹から放置された形になった。

「くくっ」

そのほったらかされた主を見て、飛が面白そうな顔になる。

「飛、ここに残れ」

その飛に、大偉は冷めた目をやって命令した。

「いや、残るもなにも」

ぼやきが漏れる飛がそもそもここへいるのは、皇帝からの指示である。

かろうじて花の宴に間に合った大偉は、まずは皇帝へ挨拶《あいさつ》に行った。そこで大偉にくっついて潜んでいた飛は、雨妹の無事の確認を直々に命じられたのだ。どうやら影たちの指揮系統が混乱していたらしく、皇帝は大偉の意思でしか動かない飛を動かす方が、事態把握には確実だと考えたのだろう。

そう、ここへ来るべきは飛だけで、大偉は興味で勝手に同行したに過ぎない。用事が済めば、皇帝への報告の続きが待っているのだ。

「僕もここにいるぅ♪」

「……好きにすると良い」

雨妹の後を追う静を見守っていた宇の言葉に、大偉は興味なさそうに許可を出すと、渋々といった様子で宮城へと引き返そうと足を戻す。

「こっちは急がされた上に大忙しだったんだぁ、特別手当を頂いてくだせぇよ？」

そこへ飛が主へ軽口を投げかけるのに、大偉はジロリと見やる。

「ならば、陛下に直接頼むがいい」

「冗談でしょう？　俺ぁ自分の首が大事なんです」

大偉に言われて、飛はしかめっ面になった。

大偉主従の間でそんな軽口が交わされた後。

中断していた火傷治療を再開すると、その作業を飛という大偉の供の男が手伝ってくれるということで、雨妹としては大助かりである。男手が増えたことで井戸水を汲《く》み上げる作業が捗《はかど》り、ほとんどの患者の火傷の痛みを和らげることができた。これでまだ痛い人は、陳の方へと回す。

その上、飛が火傷用の軟膏《なんこう》を作れるというので、そちらも陳から材料を貰《もら》って飛に作ってもらう。宇《ユウ》の方は、静《ジン》と一緒に手当てで汚れた布を洗ってもらっている。

この忙しさもしばらくして落ち着いたところで、雨妹は気になることがあったので、軟膏作りが一段落して、離れた場所でボーッとしている風である飛にスススッと近付く。

「あの、『冷徹の黒豹』ってなんですか？」

そう、先程聞こえた内容が、どうにも気になったのだ。けれど雨妹が尋ねると、何故か飛がぎょっとして二歩ほど飛びすさられた。そんなお化けかなにかに声をかけられたみたいな反応をされると、地味に傷付くのだが。

しかし、こちらの疑問にはちゃんと答えてくれた。

「ええと、把《ハ》国第一王子殿下のあだ名ですよ。袖《そで》の下というか、金でなにかを融通するというのを一切しない方だそうで。それで国内からは嫌われ、他国の貿易商人からは頼りにされているっていう話でさぁ」

「……そうなのか？」

雨妹ではなく、この会話を離れて聞いていたらしいダジャが何故か驚いているので、自分がそのように呼ばれていると知らなかったのだろう。雨妹は次に、ダジャの方へとスススッと近付く。

「ダジャさん、なにかを融通してほしいって、お金を掴《つか》まされるのが嫌いなんですか？」

「無駄な金。才能があれば金はいらない、全てがついてくる」

ダジャは嫌いとかそういう感情ではなく、されていることの意味がわからないという顔であった。

「くそ真面目だなぁ、お金を持っていて困ることないし、貰えるものは貰っておけばいいのにさぁ」

ダジャの近くにいてこの会話を聞いていたらしい、洗濯をしながら口を挟んできた宇は、少々口が悪いらしい。

「宇よ」

その宇にダジャは近付くと、傍に膝《ひざ》をついた。

「私は、宇が頼んだ仕事、終えられたか？」

子どもの宇に真剣な眼差しを向けるダジャは、傍《はた》から見るととても奇妙に映るだろう。そして宇は洗濯の手を止め、しばしダジャをじぃっと見つめる。

「……うん、よくできました！」

やがて宇がそう言ってにぱっと笑い、ダジャの頭をわしゃわしゃと撫《な》でた。

「ダジャ、やっと『守る』っていうのができたね。実はね、途中からこっそり見てたんだぁ。アンタもやればできるじゃん。これでずぅっと王子に拘《こだわ》ってウジウジやっていたの、気が済んだ？」

「宇……」

明るく問う宇に、ダジャは目を丸くしてから、小さく頷《うなず》いた。

「私の価値、次期国王である王子しかない。そう思って行動していた……だが、それに少々疲れたし、飽きた。私が己を王子であったと認めていれば、それでいい」

雨妹は二人の会話を聞きながらも、黙って見守っていた。それは静も同様のようで、雨妹と一緒に息を呑《の》んで両者の様子を観察する。

そんな雨妹たちの様子に気付いているのかどうか、宇は気にしない様子で話を続ける。

「いいんじゃないの？　それで。僕に言わせれば、せっかく王子なんていう面倒な枷《かせ》が外れたのに、自分からその枷をまた嵌《は》めてもらいに行くだなんて、馬鹿みたいだ」

「……枷か、そうかもしれぬ」

妙に悟ったことを話す宇に、ダジャは苦笑を漏らす。

――まあ、実際に面倒だよね。

雨妹は一人、心の中で同意する。

実際、太子を見ていて大変そうだと思うし、雨妹自身が今から公主の名乗りを上げて、あの太子の苦労を分かち合ってやりたいだなんてことは、全く思わない。このあたりを我慢できるかどうかは、自由を先に知った身と、最初から太子であった身との違いであろう。そしてダジャは長年そうした自由を知らずに育った、生粋の王子なのだ。

――そりゃあ、気持ちの切り替えが下手だって。

そのダジャの切り替えを強引にガチンと入れてみせたのが、この宇というわけである。

「人って案外どこでだって生きていけるし、愉快に生きた者勝ちってね」

最後にツンとした顔で話を締めくくったつもりであった宇の脇を、静がニヤニヤしながら突《つつ》く。

「宇は素直じゃないの、実はダジャのこと大好きなくせにぃ！　宇は好きなほどに意地悪になるし、

嫌いな人はそもそも相手にしないもの」

最後に話をまぜっかえす静に、宇が子どもらしく口先を突き出してみせた。

「ふん、僕は人種的に筋肉がつきにくいから、こういう全身がムキムキしているのに憧《あこが》れるんだ！　なにか悪い⁉」

なるほど、確かに宇は人種的に、ダジャのような肉体美を手に入れるのは、多少無理があるかもしれない。

笑い合う双子を眺めていたダジャが、ふと雨妹の方に視線を向けた。

「そうだ娘。以前、我が国の食を知りたいと聞いた。世話になった礼をしたい」

なんと、先だっての聞き取りの場での雨妹の言葉を、ダジャは覚えていたらしい。

「お国料理を、ご馳走《ちそう》してくれるんですか？」

期待に目を輝かせる雨妹に、ダジャが頷く。

「『カレー』と言っていた、コリィのことか？　コリィ作りは、子どもが言葉を話すよりも先に知る」

これを聞いて、雨妹の目が限界まで見開く。

「「カレーが食べられるのっ⁉」」

そして何故か、雨妹の声に宇の声が重なった。

第六章　宴《うたげ》の後

結局、花の宴は大騒動の末に中断となった。

あちらこちらで多大なる被害が出たものの、消火が間に合ったのでほとんどの建物はほぼ無事となっている。

だが例外として、建物の大半が焼失してしまったのが皇太后宮、次いで被害が大きいのが皇后宮であった。この結果には、当然宮城の内外から様々な疑惑がささやかれることとなるのだが、それは今はおいておくとして。

消火活動に駆けまわって誰もが疲労困憊《こんぱい》で、夢も見ずに眠った翌日。

宮城からの使いがやってきて、掃除係一同になんと、皇帝直筆の書状が手渡された。鎮火に大きく貢献した雨妹《ユイメイ》たちは、皇帝からお褒めの言葉を頂戴《ちょうだい》することとなったのだ。

「私たちのような宮女に、このようなものを……！」

楊《ヤン》の立ち合いの下で、使いから感謝状を受け取った班長の一人が、感激のあまり泣き出してしまう。

――なんてったって皇帝陛下って、ラッキーアイテムくらいに遠い人だしねぇ。

そんな存在が幻ではなく現実だったと、改めて掃除係たちも認識したことであろう。雨妹も、いつもふらりと現れる杜《ドゥ》ではなく、皇帝から褒められたということは、この上なく嬉《うれ》しい。

「端々で生きる者の苦労も、皇帝陛下はちゃんと見ていらっしゃるってことだよ」

他の面々も胸がいっぱいだという顔をしている掃除係たちに、楊がそう声をかける。

こうして花の宴は、百花宮《ひゃっかきゅう》としては不幸な日であったものの、掃除係には光栄な日となった。

そしてその夜には掃除係のみが集まって、食堂にてささやかながら宴会が催されることとなる。

「さぁさ、食べなよ！」

そう言って美娜《メイナ》たち台所番たちが、じゃんじゃん料理と酒を運んでは卓に載せていく。

「はあぁ〜！」

美味《おい》しそうな料理の数々に、雨妹は目を輝かせる。

思えば昨日はろくになにも食べないまま、立彬《リビン》からもらった饅頭《まんじゅう》ひとつで駆けまわり、その後は疲れに負けてすこんと寝たのだ。つまり、お腹《なか》はペコペコどころではなく空《す》いていた。

「雨妹、すごいねぇ！」

静は所狭しと並べられる料理に、目を白黒させている。

「まあまあ、皆腹を空かせているだろうけれどさ、こっちが先だよ！」

掃除係の班長たちが食堂の真ん中に集まり、それぞれに酒の入った杯を持っている。これを見て、皆がワイワイと己の杯に飲み物を注ぎ出す。いつもは酒を飲まない雨妹も、この時ばかりは酒を注ぐ。ただし静はお茶である。

こうした集まりに顔を出す印象がないあの李梅《リー・メイ》も、どこか誇らしそうに杯を手に持っている。そう、誰もが皆頑張ったのだ。

「では、大きな怪我《けが》もなく、皆よくやった、誇らしいよ！　乾杯！」

「「「乾杯！」」」

それから、飲めや歌えやの大騒ぎになった雨妹たちの一方で。

別の場所では、皇帝と皇太后が相対する事態となっていた。

＊＊＊

花の宴は中止となった翌日、掃除係たちの宴の頃。

宮城側では、誰もが大忙しであった。

外から来た皇族たちは夜が明けても帰ることは許されず、滞在する宮に押し込められることとなっていた。これから全員身の潔白を調べられるのだ。

そして皇帝・志偉《シエイ》はというと、現在刑部《けいぶ》の一室にいた。

ここは刑部の奥にある、貴人を収監するための部屋だ。現在この部屋の住人となっているのは、皇太后その人である。皇太后の住まいである皇太后宮に東国人が潜伏していたことが確認されたため、皇太后が罪に問われるのは必然であろう。

ちなみにその皇太后宮は大半が無残に焼け落ちてしまい、建物への引火をなんとか防げた他の宮とは、被害が段違いとなっていた。無事であるのは、宮城との狭間《はざま》の宮のみだ。恐らくはこの狭間の宮を、東国人たちの脱出口として確保したからであろう、との見方が出ている。

――だが、もしそこが焼けていたならば……。

狭間の宮は雨妹が連れ去られていた場所であり、志偉は万が一あの娘が火事に巻かれてしまっていたなら、という場面を想像してゾッとする。

皇太后宮には相当数の東国人が潜伏していたようで、皇后宮も同様に東国人から付け入られていたのだろう。おかげでただでさえ花の宴は外から皇族が入ってくるので警備が複雑になるというのに、その上東国人の工作により、かなり影たちの情報伝達が混乱させられ、現状把握が困難であった。

そんな中で雨妹の警護が手薄になってしまっていたのは、明らかに狙われたのだ。そして雨妹を襲ったのは、「皇帝になるはずだった」と主張する宦官《かんがん》である。

取り調べによればその宦官は、志偉が妙に絡む青い目を持つ宮女に反感を持っていた。雨妹の年頃から逆算して、過去の張《チャン》美人の件を思い出したかもしれないが、あの宦官の目的のほとんどは、現在皇族と認められている者たちへの嫉妬《しっと》だ。

「青い目を持たずに生まれたせいで、皇族としての権利を奪われた」

その宦官の主張はそういうことのようだが、あの男は戦乱期の生まれであり、その出生がどうであるかには確かな証拠などない。だがそれは、志偉とて同じことである。

先帝の子種を受けて産んだ唯一の子である兄は、身体《からだ》が弱かったために、皇帝の座を争うなど到底無理であった。しかし先帝は一度手を付けた女には二度と手を出さなかった。それこそ、あの明《ミン》の家人——元先帝付きの女官であった婆《ばあ》の言葉なので確かだろう。なので皇太后はなんとしても、己の今後の身分を保証してくれる男児を得るためにと、他の男を引き込んで子を作った。それが志偉である。

けれど志偉は『父』に似すぎたらしい。あまりにあからさまな醜聞により、周囲から非難を浴びた皇太后は、志偉の存在が次第に鬱陶《うっとう》しくなり、田舎に追いやった。

だが、先帝の時代はそうした行為は多かったらしい。なにしろあの婆曰《いわ》く、先帝は妃《きさき》にも、子どもにも興味がなかったのだ。志偉の兄弟姉妹と認められている者たちも、真実兄弟姉妹であるのかは謎である。青い目を持つ子どもは、少なくとも皇族の血を引く証《あかし》があるから、皇子や公主に据え置かれただけだ。そうでない者は、証を立てることが困難だから排除された。残酷だが、それがあの頃の現実である。

まあこの宦官については、皇太后自ら宦官に堕《お》としたというのだから、なにか鬱陶しく思う背景があったのだろう。もしくは皇太后の気まぐれか。それが巡り巡って今、悪意が返ってきたわけだ。

——まったく、考えなしで浅はかなことだ。

だがもっと浅はかであるのは、皇太后が己と同じことを皇后となった姪《めい》にもやらせたことである。どうしても男子を産ませて、実家である與《ヨ》州で次代も権力を掌握したかったのだろうが、そのようなことを他が認めるはずがないし、なにより時代があの頃とは違う。なんのために太子を同じ州から続けて出さないように、取り決めが為《な》されたのか？　それを考えも、知ろうともしないのだ。

このように様々な事態をここに至らせた元凶である皇太后を、志偉としては到底許せるはずがない。そしてようやく、こうして皇太后を罪に問う時がやってきたのだ。

――これまでの、なんと長かったことか……。

その皇太后はというと、今座っている椅子がまるで玉座であるかのように、堂々とした態度で志偉を迎えた。

「皇太后、『女帝遊び』はそろそろ仕舞いである」

皇太后に、志偉は冷めた目で告げる。

「……母に向かい、その口の利き方はなんだ？」

これに、皇太后が不機嫌な声音を返してくる。だがこの意見に、志偉は笑いが込み上げてしまう。

「母という言葉の意味を知って言っておるのか？　それならばきっと、朕《ちん》の知る母とは、きっと違う言葉なのだろうよ」

志偉の言葉に、皇太后は眉《まゆ》をぴくりと動かす。

「百花宮の中だけでお仲間と遊ぶのみであれば、どうせ老い先短い身だとして放置していた。けれど愚かにも東国という敵を引き込んだ今、お前は皇太后などではない、単なる罪人だ」

これに、皇太后は驚いたように目を見張る。

「なんと恐ろしいことを申すのか、わたくしがさようなことをしたと？　わたくしは関係ない、誰ぞが勝手にやったのだろうよ。これも、皆がわたくしを愛するが故のこと。お前は、わたくしが愛されることが悪いと申すのか？」

皇太后が微《かす》かな笑みすら浮かべ、志偉へ反論する。

この皇太后に、志偉は何度も苦汁をなめさせられたものだ。愛する女を陥れられたことや、戦乱からの復興のために後宮予算を縮小する計画を邪魔されたことなど、心に溜《た》まった恨みつらみに果てはない。

一方でこの皇太后は、自身では己をどう捉《とら》えているのかは知らないが、決して策略に長《た》けた女というものではない。

既に年老いていた先代皇帝の皇后の位へ小娘の年頃で就き、それ以来先帝を始めとして、様々な者たちへ上手《うま》く取り入って後宮内で贅沢《ぜいたく》の限りを尽くした。昔も今も、後宮の外に世界があることすらも忘れているであろう。贅沢好きの小娘のまま、権力だけが肥大した状態でこうして年寄りになった。

己が周囲を手のひらで転がしているように振る舞うが、それでいて実の所、周囲の手のひらの上で転がされているだけの、空虚な女。それが皇太后である。

――この女、いつまで若いつもりでいるのだか。

志偉の心には怒りよりも、いっそ呆《あき》れが浮かんでしまう。

この女も家から「籠《かご》の鳥」となるべく教育された、ある意味憐《あわ》れな女と言える。そしてこれまでの生で、その生き方以外を自ら知ろうともしなかった。憐れでもあるが、愚かでもある女だ。

百花宮の支配者、影の皇帝、様々な呼び名で恐れられていた皇太后だが、虚像を剥《は》いでしまえば、中身などこんなものである。世の中には巨悪など、そうそうありはしない。人の妄想が、過度に巨大に見せているだけだ。

皇太后付きの宦官であった、あの男とて同様だ。

正統な血筋だなんだと主張していたが、あの雨妹に強めに叱られると、途端に腰が抜けてしまったという。真に己こそ皇帝であると信じるのであれば、他者の威圧に屈してどうするというのか？

たとえあの男が志偉の代わりに戦乱の世に出てくれたとしても、戦場ではまったく話にならないだろう。

――まったく誰もかれも、勝手なことだ。

そのような者たちの手で国を統べることができる程に事が容易であれば、志偉はもっと楽をできたし、もっと他にやりたいことだってあったというのに。

ちなみに、志偉があのダジャルファードを嫌ったのは、あの皇太后に似た質《たち》を感じたからだ。

だが皇太后とダジャルファードには、決定的な違いもあった。それは「国を守る」という確固とした意志だ。あのダジャルファードはその意志を貫く方法を間違えたようだが、皇太后のような全くの空虚ではなかった。

――あの男が雨妹を守り切ったことは、褒美をやりたい気分だ。

ダジャルファードが混乱の最中《さなか》、東国人の自爆攻撃から命を賭《と》して雨妹たちを守ろうとしたことは、志偉も認めるところである。

東国人たちはもうこの作戦は失敗に終わると悟った時に、皇太后宮や皇后宮で自爆による自殺を図った。だから他の宮では建物被害が軽微であるのに、この二つの宮だけは建物への被害が甚大であったのだ。繰り返すが、本当に雨妹がこれに巻き込まれずにいたのは、幸運以外の何物でもない。

後宮の庭園や建物への被害について、志偉は率直に言ってあまり気にならない。建物や庭園はまた造ればいい。けれど失われた人の命は、どんなに祈っても戻っては来ないのだ。皇太后とダジャルファードの違いは、この真実を知っているか否かでもあるのかもしれない。

そのような様々な思いを、志偉は吐息一つで飲み込む。

「証拠が明らかな以上、それが事実である。皇太后よ、そう言って張美人を罪人とし、辺境の尼寺に追いやったのはお前だ。お前が過去に為したことであるのだから、自らもその言葉に従うのが筋であろう？」

「……！」

この志偉の言葉に、皇太后は初めて表情を歪《ゆが》め、ぎりっと唇を噛《か》んだ。皇太后はきっと、記憶のかなたへと放っていたかつての己の行いが、まさかこのような形で返ってくるとは、夢にも思わなかったことだろう。

「尼寺で隠居するがいい。温情ではなく、下手に命を奪って妙な輩《やから》に暴動を起こさせないためだ。それでも、そこいらの民よりも豪奢《ごうしゃ》な生活を送れるぞ？　結構な身分なことよな」

志偉がいっそ穏やかな表情で告げるのに、皇太后は怒りで目を血走らせている。どれほど他者よりも恵まれた余生であろうとも、皇太后として君臨する日々に比べれば質素なものとなるからだろう。

「お前なぞ、産むのではなかった……！」

「ふん、それは愉快なことを聞いた」

皇太后の悪態など、志偉は今更なんの感慨も抱かなかった。

＊＊＊

花の宴の争乱の三日後。

ダジャが約束通り、雨妹にカレー——ではなくてコリィをご馳走《ちそう》してくれるという知らせが届いた。香辛料類を融通してもらえたのだそうだ。

というわけで、雨妹は静《ジン》を連れて、ダジャが滞在している兵舎を訪ねることとなった。

「楽しみだねぇ」

「ダジャ、薄粥《うすがゆ》以外にも作れるの？」

純粋にカレーを食べられることが楽しみな雨妹だが、静はダジャの料理能力に疑念があるようだ。

——まあ、二人で都を目指す間、碌《ろく》なものを食べさせられなかったものねぇ。

多少なれども食事の贅沢を知った今の静が、あの食事に物申したくなるのはわかる。

「……のん気だな、お前たちは」

そんな雨妹たちに、呆れ声を漏らすのは立勇《リーヨン》だ。兵舎であるので、当然この男の同行は必須《ひっす》である。

そうそう、静には立勇を「立彬《リビン》とは双子の兄弟だ」と説明すると、「そうなんだね」と素直に納得してくれた。自身が双子であるため、双子説に疑いを持たないのだろう。

こうして兵舎にやってきた三人であったが。

「静静《ジンジン》～！」

兵舎に入るなり、静に飛びついてきたのは宇《ユウ》である。

そうなのだ、この兵舎には宇も滞在していた。

宇もなかなか複雑な身の上なのだそうで、宮城も滞在させる場所に迷ったそうだが、「厄介な者同士で固まってもらおう」という意見に落ち着いたと見える。これに宇も特に反論しなかったという。

ちなみに、宇はもう宮女の格好をしておらず、かといって豪奢な格好をしているわけでもない、簡素な格好である。何家《ホー》の子どもということで、恐らくはそれなりの衣服を用意されたのだが、「動き辛《づら》い！」と文句を言って、旅装のままなのだという。

――仲良しだなぁ。

雨妹は何家の姉弟の触れ合いにほのぼのしつつ、兵舎の奥の方に目をやる。

奥には小さいが台所があるらしく、そちらから香辛料の良い香りが漂ってくる。懐かしいようでいて、未知のようでもあるこの香りが、コリィの香りなのだろう。

ちなみに、香辛料を融通してくれたのは太子である。これまで皇帝の方針のせいで、表立って関われなかった太子であるが、ここにきて大いに存在感を押し出してきていた。

――皇帝陛下から、合格点が貰《もら》えたのかなぁ？

だが少なくとも、花の宴の騒動での太子宮の被害は軽微だった。恩淑妃《エン》が皇太后派であるので、こちらの宮には多少の影響があるかと思われたが、数人の女官や宮女が姿を消した程度で、大方のところでは問題が起きていないという。太子宮をきちんと把握できていたことを、皇帝やその周囲から評価されたのだろう。雨妹としても、父と兄が仲違《なかたが》いするような事態にならず、ホッとしている。

というか、一番ホッとしているのは、隣に黙って立っているこの男だろう。雨妹のために太子との板挟みな立場にしてしまったのは、申し訳なく思うと同時に、とても有り難かったのだ。

「うへへ」

雨妹が思わずそんな声を漏らし、なんとなく立勇の脇腹を肘《ひじ》で突《つつ》く。

「なんだ、気味の悪い奴《やつ》め」

雨妹はこの唐突な行動に、立勇からしかめ面をされてしまった。

兵舎の入口でしばし、そんなことをしていたのだが。

「もうすぐできるってさ、早く行こう！」

静をギュウギュウに抱きしめて満足したらしい宇が、雨妹たちを手招きして先を歩いていく。かと思ったら、宇がススッと後ろに下がって雨妹と並ぶと、雨妹の手を取ってさらに下がり、宇と二人で並んで歩く形になった。

――なんだなんだ？

雨妹が宇の行動を訝《いぶか》しんでいると。

「ねえねえ、雨妹お姉さんは、前になにをしていた人？」

宇がにこにこ笑顔で隣に座り、ひそっと問うてきた。

「は？」

これに頬を引きつらせてしまう雨妹に、宇が笑顔のまま話を続ける。

「お姉さんから、同類の匂いがするんだぁ。あ、こういう時って、先にこっちが名乗らなきゃだよね！　僕は前にね、組長——じゃなくて、えっと……そう！　古めかしいしきたりが好きな集団でえ、歴史愛好会的な組織のボスかなっ？　それをしていたんだよ」

宇が自己紹介をしてくれたのはいいとして。今、明らかに「組長」と聞こえたのだけれども。

——元極道のボスとか！

雨妹は驚きで妙に喉《のど》が渇いてきた。

宇はわくわくした顔でじぃーっと見つめてくる。雨妹からの答えを大いに期待している顔は、静に似た容姿であるので実に愛らしい。けどこの愛らしい子どもの中身は極道の組長というのだから、いくら雨妹でも現実を飲み込むのが難しい。

やがて宇の目力に負けた雨妹は、詰めていた息を「はぁ」と大きく吐く。

「私は看護師。定年まで勤めたし、定年後は華流ドラマ三昧《ざんまい》で、孫までできての大往生だったよ」

「そっかぁ！　僕ね、看護師さんにだけは逆らわないようにしていたんだぁ。だってお医者さんよりも、看護師さんに嫌われた方が困ること多いもんね！　けどいいなぁ、孫かぁ。僕は組長でも直系じゃあなかったから、跡目争いにならないように結婚をしないで子どももいなかったんだよね」

今度は宇の方が「ほぅ」と息を吐くが、もう組長を誤魔化さなくなったのは早すぎないだろうか？

「それに不満はなかったよ？　けどうんと長生きして、最後に逝くっていう時に見送ってくれたのは、見事におっさんばっかり！　せめてこんな時くらい、可愛《かわい》い娘に手を握ってほしかったってぶーたれたの。そうしたら、こっちで可愛い娘と一緒に生まれたんだから、これって運命だよねっ⁉」

「……なるほど」

宇からの情報過多気味の話で脳が溺《おぼ》れそうになっていたが、同時に色々と腑《ふ》に落ちた瞬間でもあった。

ダジャの性格矯正をずいぶん力業でやったな、ということとか。静を好きすぎる弟であることとか。理由となっている宇の根源がわかれば、なにも難しい話ではない。雨妹と同じように、宇はただ己がやりたいようにやっているだけなのだろう。

それにしても、宇のような前世の経歴を持つ人物が何家の血筋に生まれ落ちるとは、この世界もなかなか面白い巡り合わせをしてくれるものだ。宇くらいに図太い中身であれば、東国と渡り合いつつ助けを呼ぶことを可能にする精神力を持っていただろう。妙な話、適材適所というわけだ。

このように大いに納得していた雨妹であったが。

「雨妹お姉さんは、女帝になりたいの？」

「は⁉」

宇が唐突にギョッとすることを言ってきたので、雨妹は大きな声を出しそうになったのをぐっと飲み込みつつ、思わず二歩ほど後ずさる。

「だって青い目だし……ねぇ？」

宇の色々含みを持たせた最後の「ねぇ？」が、妙に怖い。これに雨妹はブンブンと顔を横に振る。

「冗談でしょう⁉　私はリアルな華流ドラマを満喫しつつ、美味しい物を探求する人生を送るんだから！」

雨妹は怖い顔を作り、「冗談でもそんな話をするな」と暗に言い聞かせる。

「そっかぁ」

雨妹の答えに、宇がにぱりと笑う。

「僕の今世の生きがいはね、静静をうんと可愛い女の子に育てることなの。女の子を育てるって、楽しいよね！」

本当に楽しそうな笑顔なので、これは宇の本心なのだろう。男だらけの環境で育った前世であったのならば、女の子がいる環境にあこがれるのは、まあ雨妹としても理解できなくもない。

そして、雨妹としても聞いてみたいことがあったので、この際だから尋ねてみることにした。

「宇くんが同行した大偉《ダウエイ》皇子殿下って、どんな人？」

そう、宇は都まであの大偉と一緒だったわけで、一瞬の邂逅《かいこう》しか経験のない雨妹よりも、その攻略法を知っていると思うのだ。

――もう絡まれたくない！

特に今、比較的近くに大偉がいるとなると、雨妹も必死である。

「ん？　大偉大哥《ダーグア》のこと？」

きょとんとする宇は、あの大偉のことを「大哥」と呼ぶとは、恐れ知らずなことである。そしてすぐに「ああ！」と手を叩《たた》く。

「髪が欲しいって言われているんだって？　とんだ変態だよね！　ああ、どうにか回避する方法が知りたいんだぁ」

ずばり変態と言い切る宇は、もう一度言うが恐れ知らずだ。

「……そうなんだけどさ、なにか知らない？」

変態を避けるために藁《わら》をも掴《つか》みたい気分の雨妹に、宇は「う～ん」と首を捻《ひね》る。

「あれ、きっと諦《あきら》めない質だよねぇ。なにがしかの形で目的達成してあげた方が、楽なんじゃないのぉ？」

「嫌だってば、髪を切って贈るだなんて！」

「そんなに嫌かぁ、わかるけれどさ」

拒否感満々の顔をしてみせる雨妹に、宇は苦笑する。

「あれで、結構素直で可愛いところがあるんだよ？」

宇が一緒に旅をしたからか、庇《かば》って見せるが、雨妹は少しも同意できない。

――アレは女の髪の敵！

思わず自分の髪を撫《な》でる雨妹に、宇はふたたび「う～ん」と首を捻ってから、考えを語る。

「ならさ、抜け毛はどう？　どうせ毎日の手入れで、結構な量が抜けるでしょ？　それを纏《まと》めて揃《そろ》えて組《く》み紐《ひも》にでも編みこんで、飾りを作るとか。なんて言ったっけ、いつだったか若い子らで流行《はや》ったの」

「ああ、ミサンガ？」

「そう、それそれ」

話を聞いて雨妹も記憶を引っ張り出して考えると、宇がスッキリした顔で頷《うなず》く。

なるほど、ミサンガならば雨妹も、前世に作ったことがある。抜け毛を集めて束にして、糸と一緒に編んでいくのは、確かに拒否感が減りそうだ。少なくとも自ら切った髪よりも、抜け毛は「どうせ捨てるんだし」と割り切れる。そして保管する形を雨妹側で選べるのもいい。

――これは一考の余地ありだな。

こちらから聞いておいてなんだが、宇から本当に良案が出るとは思っていなかった雨妹は、大いに感謝である。

「作ってみるよ。ありがとうね、宇くん」

雨妹は懸念材料が減った気持ちになり、笑顔で礼を述べる。

「こっちこそ、雨妹お姉さん、静静をもっと可愛くしてくれて本当にありがとうね。これだけでも、静静を都まで旅をさせた甲斐《かい》があったかな！」

これに宇は言いたいことを言ってしまうと、早足で前を歩く静と並びに行った。

「雨妹と、なにを話しに行ったの？」

「へへへ、静静の可愛い所を聞きに行った！」

「また、そういう事を言って誤魔化すんだから。まあ、宇だし」

静は宇と雨妹の会話のことを尋ねているが、宇が堂々と誤魔化したことで、いっそ興味が無くなったようだ。静《ジン》は宇の奇行に慣れているというか、扱い方を良く知っていると見える。

一方で、大いに気にしている様子なのが立勇であった。

「奇妙な話をしていたな」

歩みを緩めて隣に並んだ立勇にそう言われて、雨妹は「ははは」と力無い笑みを零《こぼ》すしかできない。

「所々聞き慣れない言葉があったようだが、例の昔に知り合った旅人の話か？」

立勇が、雨妹が誤魔化したい時のお約束を口にする。こうして逃げ道を作ってくれる所が、立勇の優しさだろう。

「……宇くんも、ずいぶん個性的な旅人の知り合いがいたみたいですね。ぜひに、あの子を敵にしないことをお勧めします」

雨妹が誤魔化した代わりにそう助言を述べると、立勇は「そうか」と頷き、前方で静にじゃれつく宇に目をやる。

――いつか前世のことを、この人に話せるかなぁ？

なにも聞かないでくれる立勇に、ふと雨妹はそう思う。

それから雨妹たちはしばし二人で黙って歩いていたのだが、香辛料の香りが強くなったところで、「そうだ」と立勇が思い出したように声を上げた。

「ダジャルファード殿は作ったコリィを、小鍋に分けてくれるそうだぞ？　お前のことだ、例の台所番に持って帰りたいのだろう」

「……！　嬉《うれ》しいです！」

立勇の言葉に、雨妹はコリィを食べて驚く美娜の顔を想像すると、自然と頬が上がる。

台所へ到着すると、そこは妙に兵士が密集していた。その兵士の群れの向こうに、ダジャの姿が見える。恐らくは香辛料の香りに引き付けられた兵士たちなのだろう。

――まあ、カレーの匂いって引力があるよね。

無理からぬ現象だと、雨妹はうんうんと頷く。

「来たか」

ダジャは雨妹たちの気配を聞きつけて、兵士たち越しに顔を向けてきた。

「ダジャぁ！」

静が大きく手を振って、ダジャのいる竈《かまど》の方へと駆けていくのに、宇《ユウ》もついて行く。

「う～ん、この匂いだよ……！」

雨妹はというと、台所へきて一層強くなったコリィの香りに、なんだか胸がいっぱいになってきた。その胸と逆に、お腹の方は空いてくるわけだが。

「腹が空く香りだな」

立勇も雨妹と同様らしく、そう零すと自然と腹に手をやっていた。

食事をする卓には既に準備ができていて、まずはご飯が釜《かま》ごとドン！　と置いてある。コリィはどうやらご飯で食べるらしい。

――まあ、ナンみたいなのはまず生地を作らなきゃだし、焼くための道具もいるもんね。お手軽さでいえば、ご飯と一緒に食べる方がいいのだろう。

「先に座っていろ」

立勇に促され、雨妹はご飯釜が設置された卓の一つに座る。それを見計らっていたのだろう、ダジャがいよいよ鍋を両手で持ってやってきた。そのダジャの隣に、珍しそうにしている静と、目を細めて鼻をクンクンさせている宇がまとわりついている。

「静様に宇様、危のぅございますよ！」

そんな双子たちを、雨妹の見知らぬ娘が諌《いさ》めている姿が見えた。

「あの者は、何家の臣一族だそうだ」

雨妹の視線を辿《たど》った立勇が、この娘の正体を教えてくれた。なるほど、宇もちゃんと保護者同伴で都にやってきたということか。

「これがコリィだ」

そしてダジャが置いた鍋の中身は、濃い赤のサラサラとした汁状のものであった。

――こういう感じのヤツかぁ～！

俄然《がぜん》気分が上がってくる雨妹に、ダジャがコリィを盛り合わせてくれる。

「コリィは家族の数、人の数だけ種類がある。私が好むのはこれだ」

「ほうほう！」

ダジャの説明に、雨妹は心を躍らせるしかない。

つまりはコリィを全種類食べ尽くすなんて到底できないわけで、なんという食いしん坊にとって夢のような料理なのだろう？　感激で、なんだか涙まで滲《にじ》んできた。

「雨妹よ、食べる前から泣くとは、食い意地が張りすぎだろう」

こちらは雨妹の隣に座っていた立勇が呆《あき》れ顔《がお》をしている。けれどなんと言われようと、雨妹のコリィへの感激は止まらない。

「わかるぅ、これは感動だよねぇ」

一人、隣の卓に座った宇だけが、雨妹の気持ちに同意してくれた。雨妹よりも長くダジャと一緒にいたはずの宇であっても、どうやらコリィを作ってもらったことはないらしい。

――まあ、材料が手に入らないいか。

雨妹もこの時ばかりは、香辛料を手に入れられる人脈と出会えたことに感謝をしたい。

「私、私に生まれてよかったぁ～」

自然と、雨妹の心からの気持ちが溢《あふ》れる。

我ながら、決して恵まれた生まれ方ではなかったのだろうが、「張雨妹《チャン・ユイメイ》」でなかったら、このコリィにはたどり着かなかったのだから。

「感慨が深いのやら、浅いのやら……」

これを聞いた立勇は呆れた声ながらも、目を細めて雨妹を見ていたのだなんて、当の雨妹はコリィに夢中で気付かない。

しかし実際に食べてみると、何《ホー》姉弟には辛すぎたらしい。

「口の中がピリッってするぅ」

実はこれが香辛料初体験である静が、まずコリィの辛さにびっくりして、宇も辛さにしかめ面になる。

――まあ、二人の味覚はお子様仕様だろうし、こうなるか。

雨妹は多少辛いとは思うが、美味しく食べることができる範疇《はんちゅう》だ。前世の日本風というよりインド風の味で、よく煮込まれた野菜の香りが香辛料と共に鼻に抜ける。

そんな雨妹とは逆に、宇がまさかの辛くて食べられないという事態に、悲しそうな顔になるのには同情を禁じ得ない。

「二人とも、これを混ぜるといい。子どもはこれを混ぜて食べる」

するとダジャが食べられないでいる二人に、白い液体を渡す。その色から牛乳かと思ったが、多少のとろみがついていて、酸味のある香りがする。

――これ、ヨーグルト!?

辺境では遊牧民がヨーグルトっぽいものを食していたが、後宮で見たのは初めてなので、雨妹は驚く。

「あ、辛くない！」

「うん、美味しい」

お子様用の味になったコリィを、今度こそ何姉弟が美味しく食べている。

「ダジャさん、良く手に入りましたね？」

「種があった、運がいい」

感心する雨妹に、ダジャがそう答える。どうやら後宮にヨーグルトの種があったということか。その種さえあれば、ダジャにもヨーグルトを作れるらしい。辺境の遊牧民の食文化が、後宮か都のどこかで好まれているようだ。

このような異文化を知っていることは、妃嬪《ひひん》たちには後宮での地位を上げるのに一役買いそうではある。そのおこぼれに今こうして与《あずか》れているのだから、それも悪いことではないだろう。

「私は辛いものはあまり食べないので、これくらいでいい」

そして立勇も、何姉弟と同じくヨーグルトを混ぜて食べる方を好んだ。

他にもコリィにありついている兵士たちは、それぞれに辛さを調整しつつ食べており、「美味《うま》い」とあちらこちらから声が上がる。

その様子を眺めていたダジャは一人、目を細めていた。

「故郷の味、好いてもらえて嬉しい」

ダジャがそう言いながらも、どこか切なそうな表情にも見えて、雨妹は彼の様子をそっと窺《うかが》う。王子であるダジャが作れるのだから、コリィとは本当に把《ハ》国人に根付いた料理なのだろう。ダジャ自身、このコリィを故国の誰かと一緒に食べた思い出だって、きっとたくさんあるはずだ。その思い出は、故国の内乱で全て消されてしまったけれど……。

そんなダジャの様子を見ていたのは、雨妹だけではなかった。

「ダジャ、苑《エン》州のどこかにお墓を作ろうか」

いつの間にか自分のコリィを食べ終えていた宇が、ダジャの横顔にそう告げた。ハッとなるダジャに、宇は続ける。

「ダジャが心残りのある人たち、みんなのお墓だよ。お墓の下にはなにも埋められないけれどさ、そんなことよりも、こういうのは気持ちだよ、ダジャの気持ち」

「宇……」

宇の提案が思いもよらないことだったのか、ダジャはどんな顔をすればいいのか戸惑っているようだ。

確かに、遺《のこ》された者の心を癒すのに、墓という象徴を作って気持ちに区切りをつけるのも手かもしれない。そしてこの提案は、墓を作る場所を提供できる宇ならではであろう。今の雨妹の立場でできることと言えば、思い出話を聞くくらいがせいぜいだから。

すると、静も話に乗ってくる。

「ならせっかくだし、私がどこか見晴らしのいい場所を見つけてくるよ！」

「そうだね、把国の方角が見える所がどこかにあるかな？」

「お前たち……」

静と宇が口々に言うのに、ダジャがしばし茫然《ぼうぜん》としてから、幾度か瞬《まばた》きを繰り返す。

そんな三人のやり取りを眺めていた雨妹の目の前に、スッと手巾《しゅきん》が差し出された。

「……堪《こら》えきれていないぞ」

「これでも、我慢しているんですぅ」

ひそっと囁《ささや》いてきた立勇に、こっそりもらい泣きしていた雨妹もひそっと囁き返す。

——ダジャさんは、やっと逝ってしまった仲間を悼むことができているんだ。

ここで、雨妹が泣いてはいけない。まず悲しみに沈むのは、ダジャであるべきなのだから。悼む気持ちを分かち合ってくれる人がいる有難さが、ダジャは今きっと身に染みているのだろうから、その涙を雨妹が横取りするのは駄目なのだ。

ただ、雨妹が懸命に涙を堪えた結果、涙と鼻水まみれになってしまった手巾は、後で洗って返すことにしよう。

そんなことがあった後。

ダジャが作ったコリィは兵士たちにも好評だったらしく、作り方を詳しく教える姿が見られた。香辛料が高価なのでそう滅多には作れないだろうが、たまの晴れの日に食べる、兵士料理になるかもしれない。

——いいよねぇ、こういう異文化交流。

すごく驚いたり、ちょっとしんみりしたことがあったものの、最後にはほっこりした気分になれた雨妹なのであった。

＊＊＊

雨妹たちがコリィを囲んで談笑していた、ちょうどその頃。

宮城の大広間では、志偉《シエイ》と面会する大偉《ダウエイ》が跪《ひざまず》いた姿勢で、大いに不機嫌そうにしていた。

「皇帝陛下、話が違います」

皇帝へ面と向かい不機嫌を露《あら》わに意見する大偉に、密《ひそ》かに見守っているであろう大偉の従者は、きっと肝を冷やしていることであろう。志偉は想像して、多少はあの従者に同情しなくもない。

大偉がこうまでも不機嫌であるには、当然訳がある。

宮城は花の宴の後、東国兵の侵入を許したことを公表した。

こうした場合、他国にちょっかいを出される隙があったと、認めるのを避ける場合もある。だが志偉は汚点を公表することで、皇太后という別の汚点を排除する方を選んだ。皇太后の身柄は現在刑部預かりだが、近いうちに代々の皇后が入った尼寺へと移送されるだろう。

一方で皇后だが、こちらは罪に問う程のなにかはない。というより、皇太后の操り人形でしかないので、自ら罪を犯すような行動力がないのだ。なので、こちらはこのまま後宮に据え置くこととなった。

がしかし、これは決して皇后への温情ではない。

皇后がいなくなれば、当然周囲から「新たな皇后を」という声が上がるだろう。そして次の皇后として選ばれる女が、よりまともである保証がどこにあるだろうか？　あの皇太后とてかつては、周囲からよかれと思って先帝の皇后にと選ばれたのだから。

それならば、己が退位するまで現皇后を飼い慣らして大人しくさせておく方が、ずっと気楽というものだ。皇太后がいなくなった皇后に、できることなどほとんどないのだから。

だがそうなると、微妙な立場となるのがこの大偉である。これまでさんざん皇太后の周辺と軍部から、「皇帝となるに相応《ふさわ》しい」と推されていたというのに、突然罪人一族の皇子となってしまったのだから。

しかし大偉が不機嫌をあからさまにして不満を表しているのは、そこではない。

花の宴の騒動が露呈し、外城の街や周辺の里々で不安が湧き上がっていたところに、宮城から発表があった。

「苑州を治める能力を失した挙句、東国に下った何家を、大公一族として認めない」

つまりは、何家が大公一族の地位をはく奪されるという知らせに、誰もが驚く。

がしかし、発表はこれだけではなかった。

「苑州大公として、大偉皇子を任ずる」

なんと、皇后の唯一の皇子が苑州大公になるというのだ。しかも苑州に蔓延《はびこ》っていた東国兵を追い出すのに大偉が一役買い、軍を率いての出兵にまでならないのではないか、との見立てまで流れている。大偉の軍事面での強さは、他ならぬ皇太后が大いに言いふらしていたことにより、庶民にも周知の事実であった。

「そんな強い皇子が国境を守るのであれば、この国も安泰だ」

そんな歓迎する声が、民のほとんどのものである。

その上今後、何家の若き元大公とその姉は大偉預かりとなり、別段苑州から追放になるわけではないという。むしろ大偉は、幼い身で大公へ担ぎ上げられた子どもを救った恩人であり、苑州から宇《ユウ》に付き添ってきたお付きの娘は、何家への温情であると感謝すら述べた。

だが唯一、この決定に不満があるのが、当の本人の大偉である。

「私についてなにがしかの罪をでっちあげ、皇籍を削除し、追放処分にしてくれるというお約束であったはずです」

そう、苑州行きとなる前に大偉が志偉の寝所に乗り込んでまで訴えたのは、簡単に言うと「もう皇子でいるのが嫌になった」ということであった。

大偉の言葉に、しかし志偉は眉《まゆ》すら動かさない。

「現状、似たようなものではないか。これとて皇籍から外れることには違いないし、滅多なことでは都に戻って来られぬ場所であるぞ？」

志偉はつまらなそうな顔で、そう返してやる。今回の決定で大偉は皇子ではなくなったので、志偉としてはこれで文句を言われる筋合いはない。

「首輪付きの自由とは、自由ではありませぬ」

けれども大偉はしつこく不満を口にした。

「ふん、首輪の鍵《かぎ》くらい、己でなんとかせぬか。そもそも自由なんぞというもの、この朕こそが欲しいわ。それを何故他人にくれてやらねばならぬのか？　お前は朕が早う隠居できるように、精々働くがいい」

だがこちらも大いに不満を述べてから、「これで仕舞いだ」とばかりにひらひらと手を振る志偉を、大偉は恨めしそうに見上げてくる。

「それとも、己の代わりに働いてくれるような、有能な誰かを見つけて囲うことだ。まあそのような人材は、そうそこいらに落ちているものではないがな。もし簡単に落ちていれば、朕とてこのような座り心地の悪い椅子になんぞ、大人しく座っておらぬわ」

結果、この志偉の心の底からの正直な悪態に、大偉はなにも言い返せぬまま、この面会は終わったのだった。

＊＊＊

苑州から都に、静の弟の宇《ジン》がやってきた。それは、静の家族が迎えに来たということでもある。

すなわち、これで静の後宮潜伏生活も終了となるのだ。

という訳で本日、人の出入りが滅多にない裏口で、雨妹は後宮を去る静と、同じく滞在している兵舎を出るというダジャを見送ることとなった。目立ってはいけないので、見送りは雨妹一人だけだ。離れた所で、宇とそのお付きである毛露《マオ・ルウ》がこちらを見守っている。

「よかったねぇ静静《ジンジン》、これでコソコソしなくても済むよ」

「うん……」

笑顔で肩を叩《たた》く雨妹の前で、静が複雑な顔で俯《うつむ》いている。

ところで、静はこれから苑州に帰るわけではない。一旦《いったん》内城のとある人の邸宅に身を寄せるのだ。

そのとある人というのが、なんと大偉である。

先日、宮城から発表があった。なんでも苑州には新しい大公が立ち、それがあの大偉だというから驚きだ。その上皇帝が宣言した出兵計画に先立って苑州入りをして、州城に巣食う東国兵を速やかに追い出したというのである。

――あの人、ただの髪フェチじゃあなかったのか……！

楊《ヤン》が「大偉皇子は花の宴に来ない」というようなことを述べたのは、ひょっとしてこのあたりの事情を知っていたのかもしれない。だがどんな奇跡を起こしたのか、幸か不幸か間に合ってしまったのだけれども。

いや、あの時東国人の自爆を防いでダジャの命を救ってくれたのは、幸いなことなのだろう。どうしても雨妹の奥底の本能が、あの皇子を拒否してしまうというだけだ。

まあ、それはともかくとして。

大偉はしばらく内城にあるという自身の邸宅で休養して、それから再び苑州入りをするのだそうだ。そして大偉の邸宅に、何《ホー》姉弟とダジャの身柄も移されることとなったと、そういうわけだ。

ちなみに、先日宇の発案により雨妹が作ったミサンガは、静から説明して大偉に渡してもらおうと、先日助けてもらった――正確には大偉の配下にだが、そのお礼の手紙と一緒に小箱に入れて荷物に一緒に詰めた。これで大偉の雨妹の髪への執着が、落ち着いてくれることを願うばかりだ。

そして今、静はしょんぼりとして俯いたままだ。

「なんて顔をしているの、これが今生の別れでもあるまいし！」

雨妹はそう言って静をギュッと抱き寄せる。

「楊おばさんがね、文字見本はそのまま静にあげるってさ。字の勉強をして、私に手紙を書いてよね。私も返事を書くから」

静が背負っている荷物の袋を、雨妹は抱きしめたままポンポンと叩く。この荷物の中身は、身一つで都までやってきた静が、頑張って手に入れた物ばかりだ。一緒に作ったリバーシも入れてある。

「……ん、頑張って書く」

そう言って静がやっと顔を上げると、その隣にダジャが進み出てくる。

「娘、口添え感謝する」

「いえいえ、お国の人が無事だといいですね」

礼を言ってくるダジャに、雨妹はそう返す。

実は黄才《ホアン・ツァイ》から情報があったのだが、徐州《ジョ》の港町である佳《カイ》に、最近把《ハ》国から逃げてきた人を乗せた船が流れ着いたのだという。ダジャは静と一緒に大偉の屋敷に滞在し、旅に必要な身分証を手に入れ次第、佳へと向かうらしい。把国人らを確認して、できるならば保護をしたいそうだ。その旅に、何家の双子もついて行くという。

「だって、僕はダジャの保護者だからね！」

というのが、宇の言い分である。だが半分くらいは、海の魚が食べたいという理由があるようだ。

——今世で岩山地帯から出たことないなら、きっと海の魚に飢えているよねぇ。

なので、「どうか海鮮料理で持て成してほしい」と、微力ながら雨妹が佳の街の統治者である利《リ》民《ミン》に手紙を書いて、ダジャたちに持たせている。利民はあれで恩義を忘れない男なので、きっと双子やダジャを粗末には扱わないだろう。

いや、もしこの旅に大偉がついて行ったら、利民とそりが合わなくて喧嘩《けんか》をしそうではある。雨妹としては、そうならないことを祈るばかりだ。

そんな楽しいことが待っているというのに、静はいつまでも浮かない顔であった。

「笑って、静静。そうしたらきっと、再会の日まで楽しいことがたくさん起きるから」

雨妹がそう言って、静の頰を両手でむにっと上げてやると。

「雨妹は、嘘《うそ》をつかないものね」

静は無理矢理な泣き笑いをしてみせたので、雨妹もニカリと笑みを返す。

「静静、また会おうよ！」

「うん、またね！」

「では、また」

そう話すと、静は雨妹から身体を離し、ダジャと共にゆっくりと宇たちの下へ歩いていき、彼らの姿が角を曲がって見えなくなるまで、雨妹は手を振り続けた。

そして、誰もいなくなったところで。

「行ったか」

「あれ、杜《ドゥ》さん」

いつの間にか、雨妹の背後に杜が立っていた。近付く気配すら感じなかったのは、さすがである。

「一緒に見送らないでよかったんですか？」

雨妹が今更な問いをするのに、杜が首を横に振る。

「あの毛家の娘が、勘付かないとも限らぬゆえな」

なるほど、毛は苑州《エン》の偉い人の娘らしいので、皇帝の姿絵などで見知っている可能性もあるだろう。念のために隠れていたということか。

そう納得したところで、雨妹は杜に向き直り、改まった表情になった。

「杜さん、私は杜さんから頼まれたお仕事を、ちゃんとできていましたか？」

雨妹は杜から、「静に生きる術《すべ》を授けよ」と頼まれたのだ。出来るだけのことをしたつもりだが、杜の目にはどう映っただろうか？

「……」

これに杜はしばし無言で考える仕草をする。その間、雨妹は胸をドキドキさせながら答えを待つ。

「……うむ、上出来すぎるくらいに上出来である。我の目に間違いはなかった」

そして、杜から満面の笑みで合格を言い渡され、雨妹が大きく安堵《あんど》の息を吐いたところへ、続いて言われたのは。

「実に自慢の娘よな」

この言葉に、雨妹は目を丸くする。

「娘」というのは、「女の子」という意味での言い方だったのだろう。少なくとも、他者にはそう聞こえたはずだ。

しかし雨妹がこれを別の意味に受け取るのは、それこそ雨妹の勝手だろう。

「へへへ」

なんだか頬が熱くなってしまい、雨妹はパタパタと手で扇《あお》ぐ。

「だが、別れの時とは寂しいのぅ」

そんな雨妹から杜が敢《あ》えて視線を外し、静たちの去った道へ目をやる。

けれどそんな杜に、雨妹は語った。

「そうですけれど……別れっていうのは、新たな出会いを連れてくるものでもあるんですよ！」

「ふふ、そうか」

そう言って雨妹が見せた弾《はじ》けるような笑顔を、杜は眩《まぶ》しそうに眺めるのであった。


雨妹が静の旅立ちを見送ってから、数日後。

雨妹が掃除帰りに、掃除道具を載せた三輪車を自宅のある方向へと走らせていると。

「雨妹さぁん！」

前方で見知った姿が、両手を大きくブンブンと振っていた。

——あれ、鈴鈴《リンリン》じゃんか。

太子宮の宮女である鈴鈴とはそういえば、花の宴前からお互いに忙しくて、顔を合わせていなかった気がする。あの様子だと、どうやら雨妹を待ち伏せしていたらしい。

「雨妹さん、元気そうでよかったです！」

雨妹が三輪車を鈴鈴の前で止めると、そう言ってぎゅっと抱き着いてきた。鈴鈴だって花の宴でのなんやかんやで、今頃忙しいに違いない。それなのに、こうして雨妹の身を案じてくれるとは。

――この友の優しさよ……！

優しさが身に沁《し》みる雨妹であったが、ところでその鈴鈴に、ちゃっかり美蘭《メイラン》がくっついてきていたりする。

「いやぁ、偶然この娘を見かけてさぁ」

笑顔で話す美蘭だが、聞けば鈴鈴は雨妹に会いに行くというので、ならばと同行したらしい。

「鈴鈴や蘭蘭《ランラン》の所は大丈夫？」

雨妹は太子から建物への被害は軽微だとは聞いていたが、それでも心配して尋ねる。

「はい、火が出た場所は建物から離れていましたし、お庭の木がいくつか駄目になった程度ですね」

「こっちも、多少庭が燃えたくらいだよ」

鈴鈴も蘭蘭も明るい声で答えたので、本当に軽微な被害だったのだろう。この様子だと、少なくとも人的被害は出ていなそうで、雨妹はホッとした。

いや、美蘭には他にも聞きたいことがあるのだったか。

「お酒の方は、どんな感じだった？」

花の宴はあのような騒動になってしまったが、美蘭にとっては苦手な酒宴をどうにかやり過ごすという目的があったのだ。雨妹が自然と潜めた声になって問いかけるのに、美蘭は気楽な顔で笑みを浮かべた。

「あれね。飲める酒があると、酒宴も気楽になるもんだ」

これに笑顔で答える様子だと、美蘭は酒と上手く付き合えたようだ。

「まあ、じゃあ蘭蘭さんは花の宴で、お酒の給仕担当だったんですね」

雨妹と美蘭の会話を聞いて、鈴鈴がそのように言ってくる。まあ、そのように受け取れる会話だったかもしれない。

「そうそう、酒を出さないといけないんだけれどさ、私って酒が苦手なんだよ」

この鈴鈴の意見に、美蘭も乗っかってくる。

「お仕事だと、苦手だっていう顔をしているのも叱られますものねぇ」

真面目に返事を考える鈴鈴との会話が、噛《か》み合っていないようで噛み合っているのが、雨妹としては聞いていてなんだか可笑《おか》しい。

「それで、雨妹から酒に弱くても上手く酒をどうにかできる技っていうの？　そういうのを教えてもらったってわけさ」

「はぁ〜、お酒に弱いと大変なんですねぇ」

感心する鈴鈴に、雨妹は「おや？」と首を傾《かし》げる。

「鈴鈴ってひょっとして、お酒に強い方なの？」

雨妹が尋ねると、鈴鈴は「う〜ん」と考えていた。

「他人と比べたことはないですけれど、もしかしてわりと強いのかもしれません。姉さん方にお酒の席に誘われても、いつも片付けするのは私一人なんで」

それは一番下っ端だからというのと、そもそも片付けできる余力のある者が他にいない、という二重の意味に聞こえる。

「家族も、お酒に強いとか？」

美蘭の興味一杯の顔に、鈴鈴は頷《うなず》く。

「たぶん、そうだと思います。前に母さんが『酔わない酒を買うなんて、無駄金だ！』って行商人に言っていましたから」

「ははぁ、なんか意外だなぁ」

雨妹は感心の声を漏らす。こんな愛らしい、もっと言えば酒なんて縁がなさそうに見える鈴鈴が酒に強いとは、人間わからないものである。

こうして話が盛り上がったところで、ふと鈴鈴がキョロキョロとする。姿を探しているのは、恐らくは静《ジン》だろう。

「そういえば、今日はあの娘《こ》はいないんですか？」

そしてとうとう尋ねてきた鈴鈴に、雨妹はニコリと笑う。

「静静《ジンジン》はね、無事に独り立ちしました！」

「そうなんですか、おめでとうございます！　早い気がしますけれど、静さんは真面目でしたからねぇ」

胸を張って自慢する雨妹に、鈴鈴が手を叩《たた》いて称《たた》えてくれた。

「そりゃあ、初めての大仕事が終わったってわけだ」

美蘭がニカリと笑ってそう言ってくるが、ひょっとすると黄才経由で、なにか知っているのかもしれない。

「それなら、今度から同居人を憚《はばか》らずに遊びに行けるね！」

だが続いてこのように述べたのは、本気なのかどうなのか？

——けど美蘭様って、本当に遊びに来そうではあるなぁ。

しかし、美蘭なりの心配の仕方なのだと思うと、温かい気持ちになってくる。

「じゃあ、今度お休みを合わせて、お泊り会とかしちゃう？」

「わぁ、楽しそうですね！」

雨妹が提案すると、鈴鈴が乗り気な様子で身を乗り出す。

「美味い物を、たぁんと持ち込まないとね！」

美蘭もウキウキ顔でそう告げる。

こうしてその後も立ち話をする娘たちの笑い声が、ずっと響いていたのだった。

終章　私は、私

花の宴からこちら、百花宮《ひゃっかきゅう》はなにかと慌ただしい。

まず、燃えてしまった建物の片付けは急務である。放置しているのは見た目が良くないのもあるし、万が一どこかに火種が残っていたら、天候次第でまた火が出てしまうからだ。

そんな火事の後片付け以外にも、妃嬪《ひひん》たちの動きが忙《せわ》しない。東国との繋《つな》がりがなかったか、改めて厳しく追及されているのだろう。

そうした場合にこれまでであれば、いつも守ってくれていたのが皇太后だった。だがその皇太后は今、刑部《けいぶ》預かりである。しかも、戻ってくる見込みはほぼなく、このまま尼寺行きとなるだろうとのことだ。皇太后派の妃嬪たちを守ってくれる存在は既になく、大人しく取り調べを受けるしか道はない。その結果、永遠に帰ってこないであろう宮の主《あるじ》が、ほんの数日の間で既に数人出ているとか。

主がいなくなった宮は当然解散となり、空き家になるわけだ。すなわち、掃除係たちは火事の後始末に空き家の掃除と、やることが次から次に湧いて出る始末である。

「はぁ〜、疲れたぁ」

というわけで、ここのところずっと大忙しな雨妹《ユイメイ》は、クタクタになって我が家に帰り着いた。

「あれ……」

ところが、その家の前に人影があるではないか。

「邪魔しているぞ」

雨妹の姿に気付いて声をかけてきたのは、小さな箱を持った立彬《リビン》である。ここまでは、たまにあることなので驚きはしない。

だが、立彬は一人ではなかった。

「やあ、ご苦労様だね」

そう言って雨妹に手を上げたのは――

「太子殿下⁉」

そう、そこには何故《なぜ》か太子が立彬と一緒にいるではないか。

しかし太子も一応お忍びなのか、簡素な服装をしている。下っ端宮女は太子の顔を見る機会などないので、ああしていれば案外、太子だとは気付かれないのかもしれない。

「あの、どうしてここに？」

慌てて駆け寄った雨妹だったが、太子はなにか用事があるのか、はたまた苦情があるのかと、内心ビクビクしてしまう。そんな雨妹の心を見透かしたのか、太子は苦笑すると、雨妹に優しく手招きした。

「ただ、話をしたくなっただけだよ……寂しくないかい？」

そんな風に問いかけられ、雨妹は喉《のど》がぐっと詰まる。

雨妹は今回の件についてなにも話さなかったというのに、こうして心配を口にしてくれる。その思いやりが嬉《うれ》しくて、気付けば雨妹の口から本音が漏れ出た。

「……少し寂しいですね、やっぱり」

静がいなくなり、妙に広く感じてしまう家にもそろそろ慣れたが、やはりふとした瞬間に一人であることを思い出す。けれどこれは、最初から理解していたことだ。

「もともと、静静はずっとここには居られない子だってことは、わかっていましたから」

雨妹はそう言うと、気分を強引に変えようとニカリと笑った。それに今は猛烈に忙しいので、その忙しさに身を任せているうちに、寂しさも次第に薄れ、忘れるだろう。

この雨妹の様子に、太子は立彬と顔を見合わせてから、「そうか」と頷くと。

「そうそう、忙しい掃除係殿への差し入れがあるんだ」

気分を変えるように太子がポンと手を叩き、立彬を振り返る。すると立彬は持っていた箱を差し出して来た。

「開けてみろ」

立彬に促され、雨妹は素直にその箱の蓋《ふた》を開け、見えた中身に目を輝かせた。

「豌豆黄《ワンドウホアン》だ！」

豌豆黄とは、豌豆――エンドウ豆で作られる、春の到来と共に見られるようになる甘味だ。これを雨妹的にわかりやすく言うならば、エンドウ豆の羊羹《ようかん》だろう。くちなしで色づけられた黄色が鮮やかで、上に載せられた山査子《さんざし》の赤い色がまた映える。

「うはぁ～、色がなんだか黄金色ですねぇ！」

立彬の手にある箱を、あらゆる角度から観察しようとグルグル回る雨妹に、太子がくすりと笑みを零《こぼ》す。

「宮の料理人の逸品だからね。喜んでもらえたかな？」

「すんごく喜んでいます！」

太子に尋ねられ、雨妹は満面の笑みでそう返す。

「食べますか、皆で食べますか⁉」

雨妹は興奮して台所に皿を探しに行き、遅れてそもそも太子を家の前に立たせたままであることに気付き、やっと家の中へと招待する。

「なかなかいいね……質の良い敷物だ」

太子が部屋をぐるりと見まわし、床の敷物を撫《な》でた。皇帝自ら持ってきた敷物なので、きっとお高いのだろうとは雨妹も予想している。下っ端宮女には過ぎたものだが、これもコネの為《な》せる業だと思っておく。

「静静と一緒だと手狭だってことで、この家に引っ越したんですけれど、このまま住んでいいんですって」

雨妹はそう説明しながら、太子に手作り座具を用意する。まだまだ床が冷えるので、太子の身体《からだ》を冷やさないためにも、いっそ座具に埋もれるくらいでちょうどいいかもしれない。

「ふふ、雨妹が頑張ったご褒美じゃないかな？」

太子は雨妹の渡してくる座具を上手《うま》く配置して、良い感じに座ってくれた。

雨妹がこうして太子を持て成している間に、立彬がお茶を淹《い》れてくれている。というか、既に台所でお湯が沸かしてあったのだ。用意がいいというか、勝手知ったるというか。甘味を食べるにはお茶が欲しかったので、今は助かったと言えよう。

「どうぞ」

そして、これまた立彬が用意していたのだろう、人数分の茶器でお茶を渡された。雨妹はこの美《お》味《い》しいお茶で渇いていた喉を潤してから、いざ豌豆黄を一切れ食べる。

「ん～、このねっとりした食感がいい」

思わずうっとりとしてしまう雨妹が、この幸せを長く味わおうとしていると。

「雨妹」

そんな雨妹を、太子が改めて名を呼ぶ。

「はい？」

幸せに浸っていたため、若干ぼやんとしていた雨妹に、太子が真摯《しんし》な視線を向けた。

「君はそのまま何者にもおもねることなく、そのままの君でいてほしい。私が君に願うのは、ただそれだけだよ」

そう告げてくる太子に、雨妹はしばしきょとんとしてから、ふわりと笑った。

――そうか、そこの所も心配してくれたんだ。

太子や立彬は今回、雨妹が百花宮の後ろ暗い面に触れたことで、なにか気持ちの変化があったのでは？　と懸念したのだろう。確かに、思ったよりもドロドロしたものを見てしまった気がするし、気が弱い人ならばなにかしら気に病んで性格が変わってしまうかもしれない。

けれど、雨妹はそんなことに引きずられるような質《たち》ではないし、ドロドロならば、前世の看護師時代にだって散々見たものだ。

「ご心配なく。私はいつだって私ですよ！」

雨妹はそう言ってドン！　と己の胸を叩く。

張雨妹は世界が変わっても、中身はなに一つ変わりはしない。

ちょっと変わった生まれをして、ちょっと偉い父と兄がいる——それでいて、ただの後宮ウォッチャーなのである。

Fin

番外編その1　宇《ユウ》の好きなこと

花の宴の混乱が一段落ついた頃。

雨妹《ユイメイ》が仕事から戻ると、家の前に宮女が一人しゃがみ込んでいた。雨妹は足を止め、誰だろうかとよくよく観察する。一瞬静《ジン》かと思ったのだが、静は百花宮《ひやっかきゅう》を出る日が決まってから、楊《ヤン》に連れられて行ってしまった。

世間知らずなせいで、都に来るまでもそれなりの騒動を起こしていたらしい静に、楊は改めて外の知識を急いで詰め込むつもりらしい。この詰め込み勉強に、静は泣きそうな顔をしていたが、雨妹は「必要なことだから」と言って送り出した。

その静が戻ってくるには、少々早すぎるだろう。では誰だろうかと雨妹は観察していて、ふと気付いた。

「静静《ジンジン》じゃない、宇くんの方？」

静に代わって、ということでもないのだろうが、何故《なぜ》か宇がそこにいたのだ。

「あ、雨妹さぁん！」

こちらにブンブンと元気に手を振る宇は、ああして宮女のお仕着せを着ていると、本当に静にそっくりだ。男女の双子なので二卵性なのだろうが、一卵性と言われても納得してしまう。

「私になにか用事でも？」

正体がわかったところで安心して……とはならず、多少の緊張感を抱きつつ宇へと近付く。すると、宇の足元が竹や色々な木の枝で散らかっているのが見て取れた。そして宇の手には、小ぶりな刃物が握られている。

——なにをしているんだろう？

不思議に思う雨妹に、宇が満面の笑みで言うには。

「ねえ、笛欲しくなぁい？」

「……笛？」

この唐突な話題に、雨妹はポカンと口を開けるしかない。けれどそんな雨妹の反応に構わず、宇は話を続ける。

「雨妹さんって、静静に色々骨を折ってくれたじゃなぁい？　けど僕、そういうことで借りを作りっぱなしって、嫌なんだよねぇ。後でなにかしらの面倒で返ってきそうでさぁ」

「はぁ」

とりあえず相槌《あいづち》を打つ雨妹であるが、宇の言わんとすることはわかる。前世でも「無料《ただ》より高い物はない」なんて言われていたくらいだ。

「で、ちょっとでも借りを減らしておこうと思ってさぁ、コレ！」

宇が「ジャーン！」という自前の効果音付きで、足下にあったうちの一つの、指でつまめるくらいの大きさの笛を突き出してきた。

「僕笛を作るの、前から得意なんだ！　前はド田舎の山育ちだったからさぁ、こういう木切れしか遊び道具ってなかったの。けどなにが役に立つかわからないもんだよね。アニキの下についての最初のパシリでの稼ぎでも、なかなかの人気商品だったんだよ？」

楽しそうな声の宇だが、話の内容が殺伐としているのかほのぼのとしているのか、判断しかねる内容である。けれど極道の世界で上り詰めた男の、意外な特技と言えよう。

「で、笛作っていたんだけれどさ。どんなのが好きっ？」

そう言って大きさや形も様々な笛を、宇はずらりと並べてみせた。

「う～んと」

その中で雨妹がまず手にとったのは、先程宇が掲げてみせた笛だった。竹の節を上手《うま》く使って吹き口を作っていて、試しに息を吹き込んでみると「ピィー」と独特な音が響く。

――うん、ちゃんと笛だ。

それに切り口も綺麗《きれい》に整えてあって、確かに売り物として見劣りしない品だ。さすが、自分から得意だと言うだけのことはある。

「どう？　他にもこんなのがあるよ」

次に宇が差し出してきたのは、太さの違う竹を二つうまく加工して組み合わせているものだった。太い筒の中で細い筒を出したり引っ込めたりして笛の長さを変えて、音を変える仕掛けをしてある。自分で音を探せば、音楽くらい奏でられそうだ。

――おお、なんかこれ楽しいぞ！

この世界での音楽とは特別なものであるので、前世のように身近に接することはない。なので楽器のようなものを手にできたことで、雨妹はなんだか感慨深いものがあった。

「あと、こっちは色々な長さを繋《つな》げたものね」

また別の笛を宇が差し出してくるが、こちらは「ような」ではなく、立派な楽器だ。前世でこういう楽器があったように記憶している。

他のどの笛もささくれなど見られず、磨いて風合いも変えていたりして、職人の作品と思うような出来栄えだった。

「宇くん、器用だねぇ。苑州《エン》の里でも、作っていたの？」

なかなかの凝り性ぶりを発揮してみせた宇に、雨妹が聞いてみる。

「ないない、第一あそこは材料がない！」

これに、宇は首を横に振る。

「本当になんにも生えない岩山ばっかりだったし、子どもが遊ぶにはホントにつまんない場所だってば。静静のためのおもちゃを調達するのに、すっごく苦労したんだから！」

宇が力説するのを聞いて、そこは雨妹の想像以上に過酷な里だったのだと知る。これだけ手先が器用な宇であるのに、静に与えられた遊び道具は泥水を塗っただけの石をつかったリバーシだったということに思い至れば、同情してしまう。

――生命力がしぶとそうな人ほど過酷な場所でのスタート、みたいな生まれ変わりルールでもあったの？

雨妹としては、そう考えずにはいられない。

一方で、宇は過ぎたことは気にしない質《たち》であるようだ。

「ここは材料がたくさんあって、楽しいね。こういう生活がしたかったんだってば、ずっと！」

宇はニコニコ笑顔で楽しそうに話す。

雨妹は前世で、そう不満のない大往生だったけれども。宇はもしかすると前世で極道に生きるよりも、できるならばこの笛のようなものを作ったりして生計を立てるのが、憧《あこが》れだったりしたのだろうか？　今世の宇としての人生を、「今度こそ、自分の理想の人生を過ごしたい！」なんて考えているのかもしれない。

――まあ、他人の内心を思い量ろうなんていうのは、傲慢《ごうまん》か。

宇は宇としての人生を楽しめばいいし、その過程で雨妹の後宮ウォッチング人生の邪魔をしなければ、それでいいのだ。

「ありがとうね、宇くん。この笛、すごく嬉《うれ》しい。そうだ！　知り合いに琵琶師《びわ》がいるんだけれど、今度この笛を贈り物にしようかな？　楽器には興味があると思うんだよね」

雨妹がお礼を言いつつ、思いついたことを口にすると、宇が目を丸くした。

「へぇ、いいなぁ生の琵琶師！　中華ネタに琵琶は欠かせない気がする……欠かせないっていえばさ、雨妹さんは華流ドラマ好きなら、三国志はどう？」

そして琵琶師のことを羨《うらや》みながら、話題をギュンと急回転させて変えてきたではないか。

「三国志かぁ、華流ドラマでもよくあるネタだよね」

というか、華流系のなにがしかに夢中になる人にとって、三国志とは必須《ひっす》教養みたいなものかもしれない。

この雨妹の反応に、宇は「我が意を得たり」とばかりに表情を輝かせた。

「だよね！　僕はねぇ、『赤壁の戦い』みたいな有名で派手な話もいいんだろうけれど、各登場人物の小ネタ話みたいなのが好きなんだぁ。例えばねぇ……」

そこから、宇の怒涛《どとう》の三国志語りが始まってしまう。

――なるほど、この人は三国志オタクか！

雨妹が悟った時は、既に遅い。ここからは一生懸命に相槌を打つ時間である。雨妹は趣味について、自己満足で己の欲を消化できるのだが、宇はどうやら誰かと共有したい方らしい。しかも雨妹に比べてオタク期間が長く、ハマり具合もなかなかに深い。

「小説や漫画も楽しく読んだんだけれど、歳《とし》を取っての隠居生活に入って、三国志ゲームにどっぷりハマってさぁ。新作を若いのに買いに行かせていたなぁ。僕の考えた理想の三国志を作り上げるのが、また楽しくって。足腰が不自由になった年寄りには、ゲームっていい気晴らしになるよね！」

「……そうなんだ」

やはり、宇も己同様、来るべくしてこの世界にやってきた人なのだ。そう実感してしまった雨妹であった。

ちなみにこの宇の三国志語りは、この後静が帰ってくるまで続くのである。

番外編その2　組《く》み紐《ひも》の行方

「お邪魔しま～す！」

「します！」

お気楽な様子で、それに続いて緊張した声で挨拶《あいさつ》したのは、何家《ホー》の双子の姉弟《きょうだい》であった。

ここは内城にある大偉《ダウエイ》の邸宅である。

「ふわぁ、広ぉい」

「静静、けど向こうの家の方がもっと広そうだよ」

ポカンとした顔をしている静に、宇が遠くの邸宅を指さす。宇が指さした方角にあるものが、飛《フェイ》は確認せずともわかる。

――あちらは、皇太后陛下のご実家の邸宅だな。

あの邸宅の敷地はもちろん広大なのだが、どこからでも見えるように高い塔を敷地内に造らせてあるので、それで目立つのだ。そして大偉はそちらに決して近付かない。狭間《はざま》の宮にだって滞在するのを嫌い、いつもこの自身の邸宅に寝泊まりするのだ。

この邸宅は、実は大偉の血縁上の父である皇族が所有していたものであった。皇后の勝手に振り回される羽目になった大偉に、「空いている家があるが、いるならばやるぞ」と言ってきたのが皇帝である。しかも、その謂《いわ》れまで丁寧に説明してのことだ。

――やる方もやる方だが、貰《もら》う方も貰う方だよな。

飛としては、皇帝と己の主《あるじ》の神経を疑わざるを得ない。それでも皇族が暮らしていただけあり、邸宅の造りは立派なものなのだが。

だが、そんな事情なんて知るはずもない何家の双子は、すぐに向こうの家への興味を無くし、探検気分で邸宅に入っていく。

「部屋がいくつあるんだろう」

「端の方から順番に数えてみよっか？」

双子はそんなことを言い合って、本当に「一、二、三」と数えていく。ずいぶん楽しそうだ。

そんな双子の相手をするのは飛であり、邸宅の主である大偉は、庭園の見える部屋で一人優雅にお茶を飲んでいる。

ちなみに双子と共にやってきたダジャルファードは、さすが元王子なだけあり、広い邸宅など見慣れているためか、反応がものすごく薄い。何家の家臣である毛《マオ》も、黙って双子を見守る態度である。

この邸宅を管理するのは、大偉の乳母をしていた人である。住み込みはその乳母一人で、細々としたことにはその都度通いの人手を雇う形である。ちなみに、大偉は宮城では後ろ暗い噂《うわさ》の種になる人物であるが、邸宅では「留守が多いので気楽な割に、金払いが良い主」という評判だ。

そんな、どちらかというと普段静かな邸宅に、子ども二人の賑《にぎ》やかな声が響くのは珍しいことだろう。これまで賑やかになるとすれば、大偉の配下の者たちが滞在しての酒盛りくらいだった。

それはともかくとして。

見回って「たくさん部屋がある」ということがわかったところで、双子たちが戻ってきたかと思ったら、大偉の前に立つ。

「ほら、静静《ジンジン》」

宇《ユウ》に脇腹を突《つ》かれ、皇子を前にして緊張しているのか、静《ジン》が硬い表情で一歩進み出る。

「雨妹《ユイメイ》から預かり、ました。お礼の品、です！」

緊張のせいか硬い言葉遣いで、静は手のひらに載る大きさの箱を差し出した。これに大偉はなにかを察したのか、驚愕《きょうがく》の表情でガチャン！　と手にしていた杯を投げるように置く。その物音に静がビクッと肩を跳ねさせるが、大偉はそんなことを気にしない。

「おおお……！」

恐る恐るといった手つきで静の手から箱を持ち上げた大偉は、それをゆっくりと目の前まで引き寄せると、慎重に箱の蓋《ふた》を開けた。

箱の中にあったのは、組み紐《くひも》であった。赤と緑、そして不思議な青い色合いの色で組まれたその紐を、大偉は何故《なぜ》かクンクンと嗅《か》ぎ出す。

「ええぇ……？」

「犬じゃないんだから、臭《にお》いを嗅ぐのはどうかなぁ？」

この大偉の反応に静が戸惑い、宇が呆《あき》れ顔《がお》で口を挟む。そしてこの大偉の異常な反応を目にして、飛はピンとくる。

――組み紐の青は、あの娘の髪か⁉

飛がこのことに気付いて驚いていると、宇が静の前にズイッと出てきて、大偉をビシッと指差す。

「くれぐれも、ソレを分解するのは禁止！　妙な呪いの儀式にも使わないように！　普通に保管してよね。それが、雨妹お姉さんとの約束なんだから！」

宇から取り扱い注意事項が言い渡され、大偉は箱から顔を離した。

「枕に入れるのは、儀式になるか？」

大偉から問われ、宇は「う～ん」と首を捻《ひね》る。

「枕……瓶詰にされるよりは、いいのかなぁ」

宇が反対しなかったので是の答えと受け取ったのか、大偉はうっとりとした表情でどこかへと去っていく。枕がどうのと言っていたのだから、恐らくは寝室であろう。

「あの者、病気か？」

ダジャルファードがボソリと零《こぼ》し、毛までいたわしそうな顔になるのに、飛はなにも言い返せない。

「にしても、よく入手したというか、あの娘が了承したな？」

飛がそんなダジャルファードを無視して尋ねると、宇がニヤリと笑みを浮かべる。

「感謝してよね、これは僕が提案した折束案なんだからさ。それにしても、枕ねぇ……」

得意そうにする宇が、最後に気がかりそうな呟《つぶや》きを漏らす。

「枕って言えば、いい匂いの草を入れると良く眠れるよね」

静が無邪気に枕の話をするのに、宇も「そうだねぇ」と頷《うなず》く。

「大哥《ダーグァ》は、あのお姉さんが作った組み紐を枕に入れると、よく眠れると思ったんじゃない？」

宇がそう説明してみせたことが、適当に言っただけなのか、どうなのか。飛は一人眉《まゆ》をひそめる。

組み紐にあったあの青っぽい髪の持ち主で、今の所存在が確認されているのは雨妹と張《チャン》美人のみという話だ。そして張美人と大偉が同時期に後宮にいた時期は、大偉が生まれて間もない頃である。

大偉が青っぽい髪を覚えているということは、赤ん坊ながらに目に焼き付いたということだろう。

では、張美人が赤ん坊の大偉に会ったとするならば、その目的はなんなのか？　自分を追放に追い詰めた元である赤ん坊のことだ。単純に考えても「可愛《かわい》い赤ん坊を見たかった」なんていう理由ではなく、害そうとして近付いたという想像が自然だ。

――罪深いことだ。

「誰が」とは敢《あ》えて言わない。というよりも、この件で罪の根源を特定することは難しいだろう。けれど、赤ん坊であった大偉に罪はなかったはずだ。

――あの雨妹という娘も、大偉殿下の執着の理由を理解していたのかもしれない。

そして恐らくは、皇帝も。

張美人が追放処分になったとしても、いくら当時の皇帝が力不足であったとはいえ、どこかで匿《かくま》うことはできたはずだ。それをしなかったのは、最後の最後で皇族殺し未遂をしてしまった張美人を、庇《かば》うことができなくなってしまったからかもしれない。

それに思い返してみれば、雨妹は大偉に生理的な拒否感を見せはしても、親の仇《あだ》を憎しむような感情は表さなかった。生理的拒否感は初対面の時の出来事のせいで、大偉が全て悪いことだ。けれど憎しみを見せないのは、雨妹がよほど内心を隠すのが上手《うま》いのか、それとも当時の全てを正確に想像できているのか――

飛がそのような思考に落ちていると。

「あのね、綺麗《きれい》だったから、私も雨妹と一緒に作ったんだ、ほら！」

そんな声が聞こえてきて、そちらに目を向ければ、静が自分の腕に巻く組み紐をぐいっと宇に差し出していた。先程の雨妹作のものよりも多少よれてはいるものの、それなりの出来栄えであるように見える。

「それはね、切れると願いが叶《かな》うお守りでもあるんだ。静静はなにか願った？」

「そうなの？　う〜ん、お願いしたいことがたくさんあるや……」

困る静に、ダジャルファードが口を挟む。

「たくさん作ればいい。願掛け、私の国もある」

「そっか！　ダジャって頭良い！」

「では、糸をたくさん用意しましょうね」

ダジャの提案に喜ぶ静に、毛がそう言ってくる。この双子たちの気の抜ける話に、飛はいつの間にか力が入っていたらしい肩がすとんと落ちる。

――俺があれやこれやと考える事じゃあないわな。

それにしても、大偉と雨妹の間を取り持ってみせた宇も、いや、こちらこそ底知れなさを感じてしまう。

「宇、お茶を淹《い》れてあげる。私、ちゃんと練習しないと！」

「わぁ、そりゃあこの世で一番のご馳走《ちそう》だね！」

「ふふ、宇ったらまた大袈裟《おおげさ》なんだから」

しかしこの静が隣にいれば、宇の妙な威圧感もかなり和らぐのだ。

――この双子は、絶対に揃《そろ》いで動かそう。

飛はひっそりと決意する。


ところで、この後大偉がなかなか戻ってこないと思っていたら、なんと寝室でぐっすりと眠っていたのだった。

あとがき

「百花宮《ひやっかきゅう》のお掃除係」十巻をお手に取ってくださった読者様方、どうもお待たせいたしました。今巻で、東国エピソードがシメです！

我ながら、書きたいものを書きたいように書いたという感が強い一冊となりましたが。まあ内容は、読んで確かめてほしいですね。

そして、最初に言っておきたい。

我ながらラストを綺麗《きれい》にまとめられたな、と悦に入ったりしているわけですが。これで「百花宮のお掃除係・完！」ではないですからね⁉　まだまだ雨妹《ユイメイ》の食い道楽話は続きますよ！（え、そういう話と違いましたかね？）

ちなみに今回のエピソードは、WEB版では色々な感想があった部分だったので、本にするにあたって、少々悩むところではありましたけれど。結果そのままなにも変えずに、ちょいと小ネタを追加したという結果になりました。だって作者、こういう面倒臭いキャラが案外好きなんだもの！

好きを詰め込みたいんだもの……！


そんな心の叫びをしたところで、いつものごとく近況をちらりと。

作者のX（旧ツイッター）とかブログとかを覗《のぞ》きに来てくれる読者様は、ご存知《ぞんじ》かもしれないですけれど。私ってば最近すっかり、韓国発の漫画にハマっております……！　ええもう、どっぷりと。

というわけで、ひさしぶりに推しのある生活に突入したわけですが、すごく楽しい……！

韓国漫画なわけなので、吹き出しの部分は翻訳されているわけです。けどたまに、前情報のない唐突なセリフが出るのは、翻訳ならではというか。

韓国語と日本語の違いで、この言葉にあたる日本語がないとか、言い換えるのが難しいとかはたまにある。それをいい感じに言葉を探して当て嵌《は》めたんだろうけれども、そうしたら前後の繋《つな》がりが若干犠牲になったりとかね。翻訳文学って、そういうことがたまにある。

けどその翻訳における齟齬《そご》すらも、私は妄想のネタにできて愛《いと》おしいのだ！　二次創作出身である作者なので、こういう設定の隙間とか穴とか、大好物なんですよね。

ここで漫画の名前を出しちゃうとがっつり宣伝になるので、作者の推しを知りたい方は、ブログを遡《さかのぼ》っていただければ……！（結局、自分のサイトの宣伝になってしまうとか）

そんな感じの最近の作者でしたが。

最後に、素敵可愛いイラストを描いてくださるしのとうこ様、毎度ながら感謝です！　コミックス版のshoyu様、海編の雨妹の食い倒れ旅を、楽しみにしています！

それでは皆様、「百花宮のお掃除係」十一巻で会えますように。
「今度は賑《にぎ》やか楽しいお話を書きたいな」と思いつつ、鋭意執筆中ですよ！

お便りはこちらまで

〒102－8177
カドカワBOOKS編集部　気付
黒辺あゆみ（様）宛
しのとうこ（様）宛

カドカワBOOKS

百花宮《ひやっかきゅう》のお掃除係《そうじがかり》　10
転生《てんせい》した新米宮女《しんまいきゅうじょ》、後宮《こうきゅう》のお悩《なや》み解決《かいけつ》します。

2024年２月10日　初版発行

著者／黒辺《くろべ》あゆみ
発行者／山下直久
発行／株式会社KADOKAWA
〒102-8177
東京都千代田区富士見2-13-3
電話／0570-002-301（ナビダイヤル）
編集／カドカワBOOKS編集部
印刷所／大日本印刷
製本所／大日本印刷

Printed in Japan
ISBN 978-4-04-075290-7 C0093

新文芸宣言

かつて「知」と「美」は特権階級の所有物でした。

15世紀、グーテンベルクが発明した活版印刷技術は、特権階級から「知」と「美」を解放し、ルネサンスや宗教改革を導きました。市民革命や産業革命も、大衆に「知」と「美」が広まらなければ起こりえませんでした。人間は、本を読むことにより、自由と平等を獲得していったのです。

21世紀、インターネット技術により、第二の「知」と「美」の解放が起こりました。一部の選ばれた才能を持つ者だけが文章や絵、映像を発表できる時代は終わり、誰もがネット上で自己表現を出来る時代がやってきました。

UGC（ユーザージェネレイテッドコンテンツ）の波は、今世界を席巻しています。UGCから生まれた小説は、一般大衆からの批評を取り込みながら内容を充実させて行きます。受け手と送り手の情報の交換によって、UGCは量的な評価を獲得し、爆発的にその数を増やしているのです。

こうしたUGCから生まれた小説群を、私たちは「新文芸」と名付けました。

新文芸は、インターネットによる新しい「知」と「美」の形です。

2015年10月10日
井上伸一郎

百花宮のお掃除係
新米宮女、後宮のトラブルも呪いも人間関係も
医療チートで全部解決しちゃいます!!
コミックス
1～5巻
(以下続刊)
発売中!
FLOS COMICにて
好評配信中!
shoyu
原作:黒辺あゆみ
キャラクター原案:しのとうこ
カドコミ内
フロースコミック
公式サイトはこちら